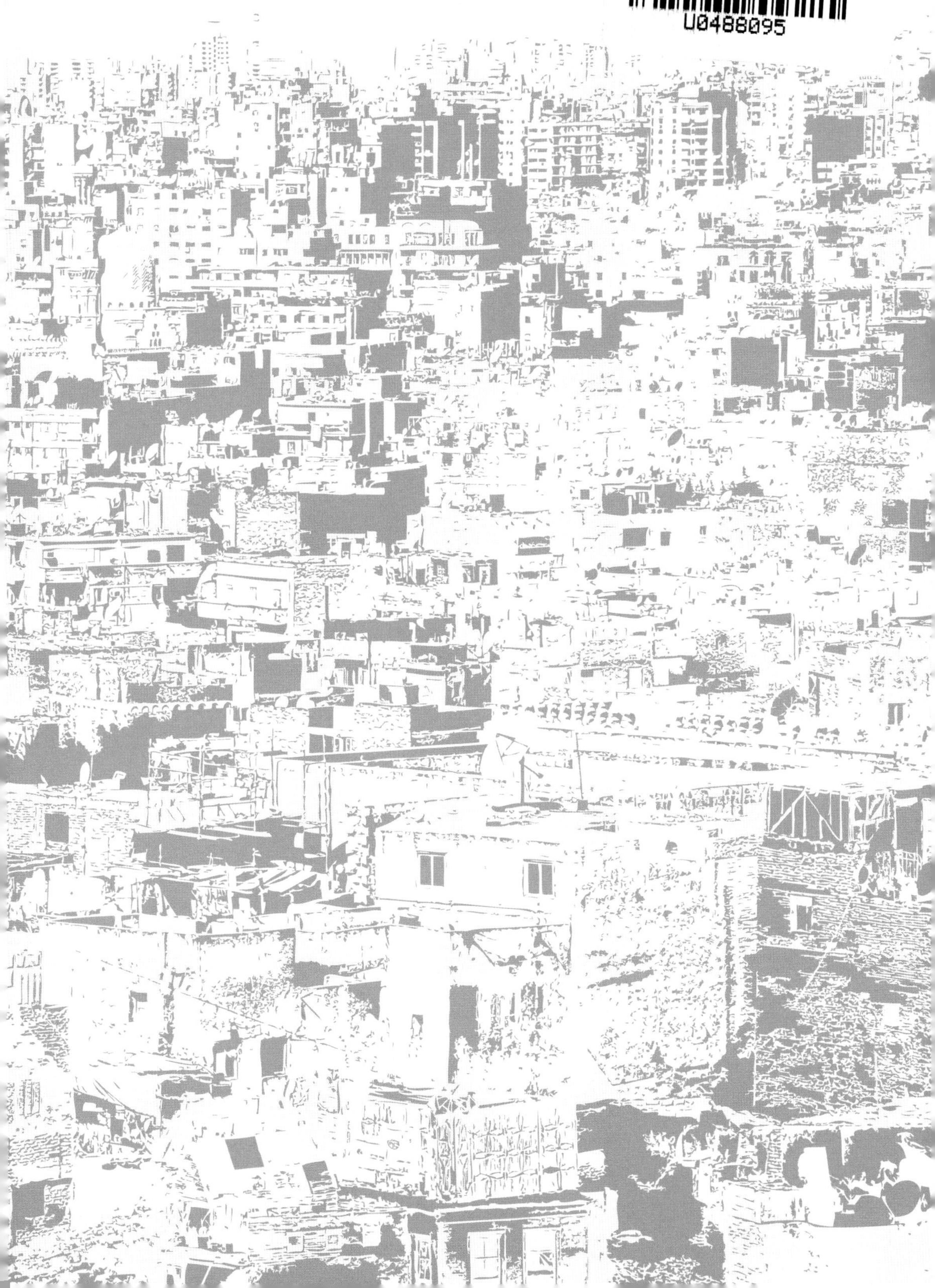

谨以此书献给为中埃友好做贡献的人们！

"一带一路"上的埃及故事

王贺兰 ◎ 著

"مصر في عيون الصينيين".
يوميات صينية عن الحياة في مصر

河北出版传媒集团
河北科学技术出版社
·石家庄·

▲ 开罗时间 2020 年 3 月 1 日晚,开罗萨拉丁城堡点亮五星红旗 韩兵 供图

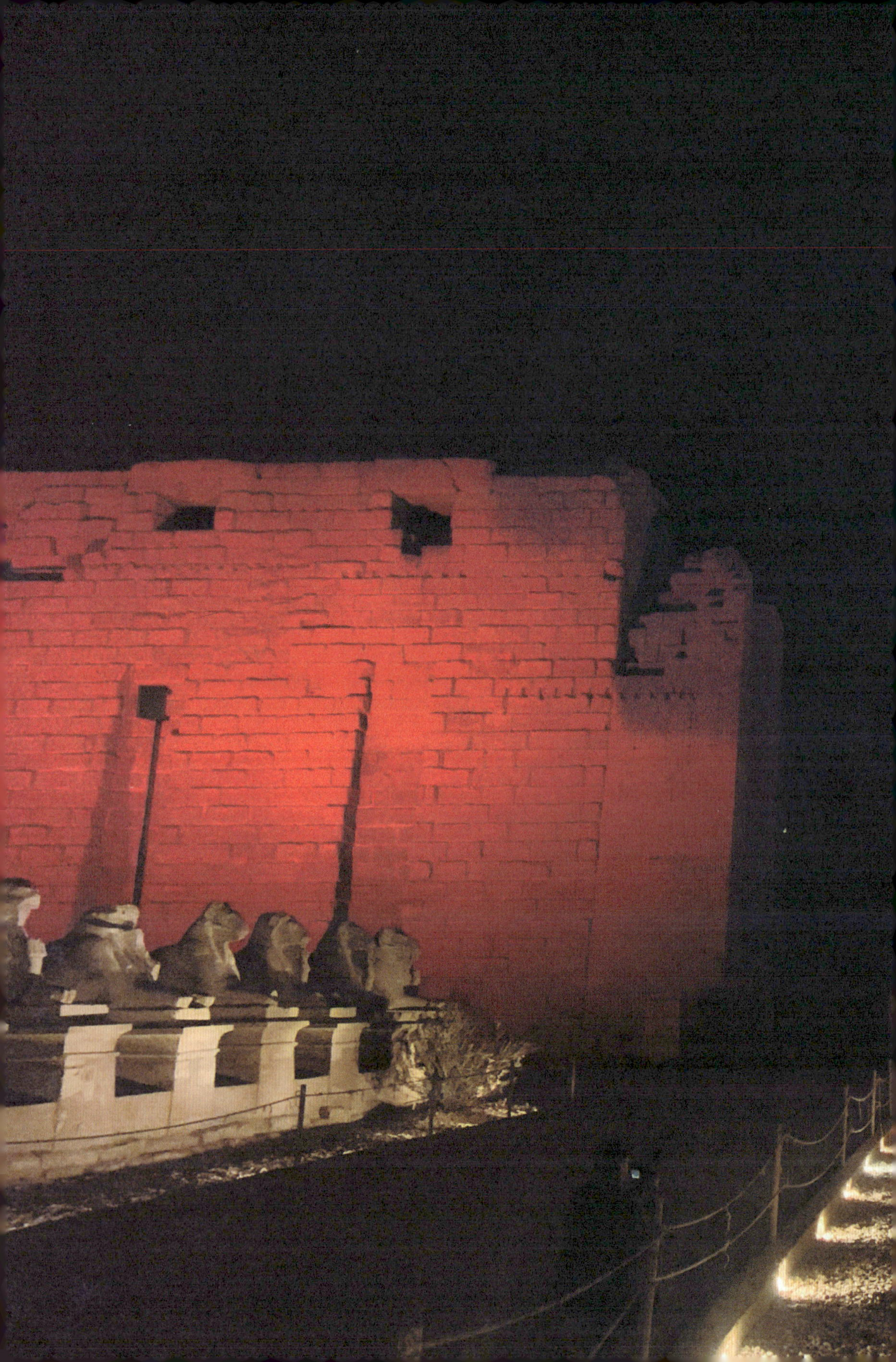

▲ 开罗时间2020年3月1日晚，卢克索卡尔纳克神庙点亮五星红旗　贾笑冰　供图

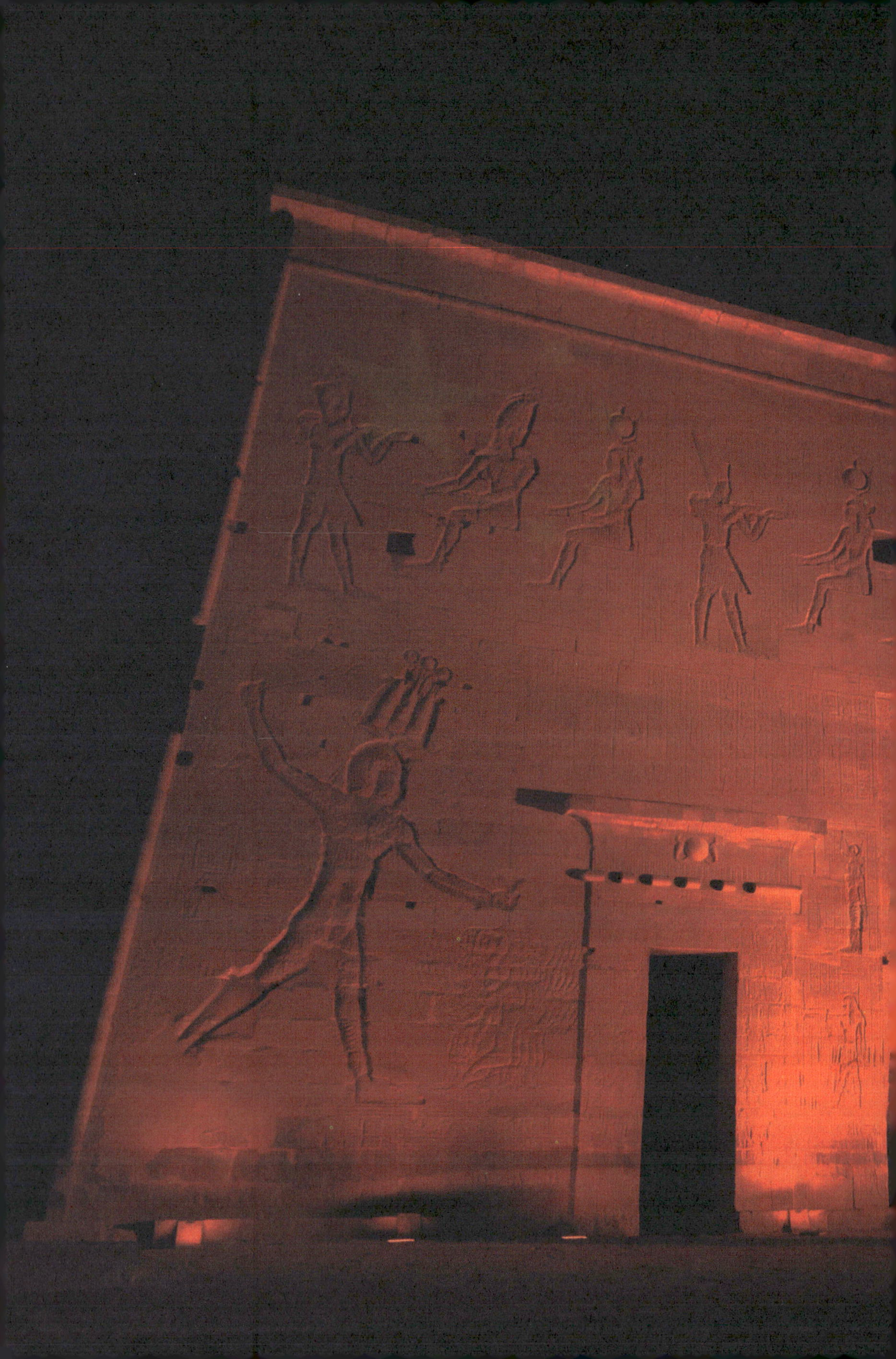

▲ 开罗时间 2020 年 3 月 1 日晚，阿斯旺菲莱神庙点亮五星红旗　师佳佳　供图

图书在版编目（ＣＩＰ）数据

"一带一路"上的埃及故事 / 王贺兰著. -- 石家庄：河北科学技术出版社，2022.4
 ISBN 978-7-5717-0777-4

Ⅰ. ①一… Ⅱ. ①王… Ⅲ. ①随笔－作品集－中国－当代 Ⅳ. ①I267.1

中国版本图书馆CIP数据核字(2022)第066702号

"一带一路"上的埃及故事
YIDAIYILU SHANG DE AIJI GUSHI

王贺兰　著

出版发行	河北出版传媒集团 河北科学技术出版社
地　　址	石家庄市友谊北大街330号（邮编：050061）
印　　刷	河北新华第二印刷有限责任公司
经　　销	新华书店
开　　本	787mm×1092mm　1/16
印　　张	17.5
字　　数	160千字
版　　次	2022年4月第1版
印　　次	2022年4月第1次印刷
定　　价	98.00元

序 一[①]

我很高兴阅读王贺兰女士的《中国人眼中的埃及》[②]一书。在这本书中，作者记录了她在埃及工作八年间的纯粹感受，尤其是，作者谈到了她的两种感受，一种是埃及的温暖，她在与有着和中国一样古老文化的国度工作的幸福；另一种感受，则是作者对中国的思念以及感到的孤单。这是我们都能够理解的。

有时候，人不得不离开祖国，但他的身体虽然离开了，精神却依然挂念着祖国，无论时间多么漫长。在这本好书中，作者就谈及了她对埃及的热爱以及对中国的思念这些复杂的感受和思想。

最后，感谢作者这本好书。

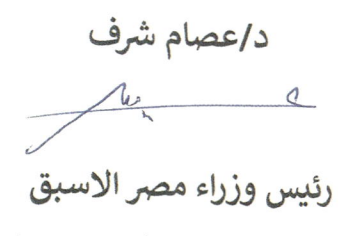

د/عصام شرف

رئيس وزراء مصر الاسبق

（埃及前总理　伊萨姆·沙拉夫）

---

① 原文为阿拉伯语，中文译者：黄培昭。
② 《中国人眼中的埃及》为本书的阿拉伯语版书名。

سعدت كثيرا بقراءة كتاب " مصر في عيون الصينيين" للسيدة وانغ هيلان . و قد سجلت فيه مشاعرها الاصيلة خلال مدة عملها في مصر لمدة ٤ سنوات . و خصوصا عندما تحدثت عن نوعين من المشاعر و هما مشاعر الدفء المصري و سعادتها في بلد لها حضارة قديمة تشبه كثيرا الحضارة الصينية و علي الجانب الاخر إشتياقها للصين و إحساسها بالغربة و هذا نتفهمه جميعا .

فأحيانا يضطر الشخص لمغادرة وطنه، و لكنه يغادر بجسده و تظل روحه عالقة في وطنه مهما طال الوقت . تناولت كل هذه المشاعر و الافكار المختلطة من حب لمصر و حنين للصين في كتاب رائع . و اخيرا اشكرها علي هذا الكتاب الرائع .

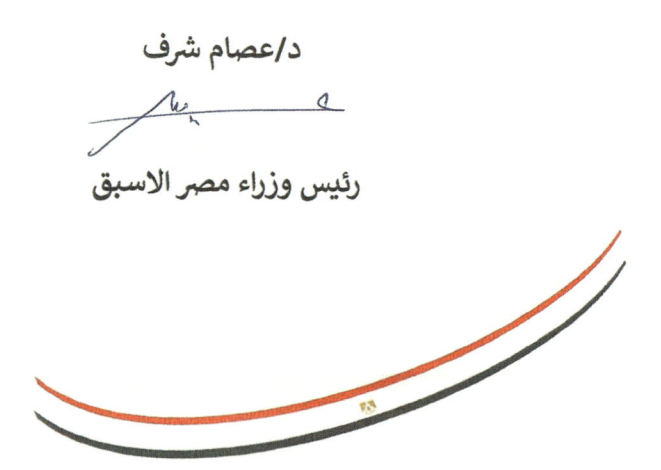

د/عصام شرف

رئيس وزراء مصر الاسبق

序　二

王贺兰把她在埃及多年所见、所闻、所历、所思积淀汇集成《"一带一路"上的埃及故事》一书，我有幸成为最早的读者之一。手不释卷地读完全书，除了勾起我对巍峨金字塔和旖旎尼罗河以及那些闻名遐迩的古迹的回忆外，我感受更深的是她对埃及社会的广泛接触和观察思考，用一个个鲜活的场景反映埃及社会的千姿百态，折射古老民族的过去和今生。我虽然在埃及度过的光阴比她长，但却缺少对埃及社会最深层的了解，这本书让我有"补课"的感觉。

我和贺兰见面的次数屈指可数，但我们是微信好友、中东群友和笔友。她作为游客到访埃及时，我担任中国驻埃及大使；她到埃及工作时，我已离任多年。

虽交集不多，但贺兰懂得我对埃及深深的思念和眷恋，为此，时不时地把她在埃及的所见所闻与我这个"老埃及"分享，一篇又一篇小短文，如同带我梦回故里、重返埃及。

我非常喜欢她鲜活生动的记述。她的文稿，犹如一支画笔，今天一笔，明天又一笔，在我眼前逐渐勾勒出了一幅"一带一路"在埃及的多彩画卷。

画面中，我看到了数千年前的古埃及文明。美尼斯统一上下埃及，孟图霍特普二世、雅赫摩斯一世分别开创中王国、新王国，拉美西斯二世把古埃及帝国推上巅峰，还有古埃及神话中的猫神贝斯特、胡狼神阿努比斯……这让我想起希腊历史学家希罗多德在描写埃及时说过的一句话："没有一个地方可以有如此多的神奇，世界上任何其他地方都不会有这么多伟大得令你目瞪口呆的事物。"这些都是曾经与中华文明并行流传的古埃及文明的重要元素，是属于埃及也属于全人类的文化瑰宝。

画面中，我看到了埃及人民不屈不挠、努力奋进的身影。几代埃及人持续推进"图什卡工程"，拓宽苏伊士运河航道，通信系统升级换代，高压电网改造，对高铁的追逐和期盼，新首都工程，以及新一代埃及母亲送儿学汉语，"伊斯兰姆"们执着求索……这是埃及人民探索发展道路、推动历史进步的脚印。

画面中，我看到了埃及人民乐观豁达、朴实善良的性格。唯恐陌生的外国人在埃及"吃亏"的促销女、菜场"翻译"，谢绝讨价还价但却致歉、退款的花匠，费尽周折返还钱包的"埃及人"、不轻易卖药的"药神"纳瑟尔……这些人我仿佛似曾相识，在埃及期间也听到不少，这是埃及民族文化、民族精神的写真。

画面中，我看到了中埃世代友好、各领域深入交流、频繁互动的喜人场景。与"好汉"们周旋，和莫娜的"战

序　二

争"，陪纳吉姆、穆罕默德圆梦，亲历茹卡雅的诞生礼，品"杰弗瑞舞"的兴衰……这万花筒般极富情趣的场景，恰是中埃友谊长存、携手风雨兼程的见证。

画面中，我也看到了中华儿女的满腔热血和肝胆相照的真诚。"一带一路"是宏大的，又是具体的，需要一个个鲜活的生命持之以恒去推动、去连接、去沟通、去创造，他们既像是螺丝，又像是舞者，用他们的智慧和汗水，诠释高质量建设"一带一路"的真谛，以"己欲达而达人"的胸怀用心铺就着新时代"构建人类命运共同体"的友谊之路、和平之路和创新之路。

夜半旷野中，那匹在撒哈拉沙漠仰天长啸的"孤狼"；灼灼烈日下，那些在不毛之地"赶工期"，"耗"走一个又一个当地员工的身影；浪漫温情的海滨，那些捍卫历史真相、维护民族尊严的唇枪舌剑；课堂上、菜场里，文化的交流、碰撞与共生……这些，是海外游子用一己的满腔赤诚与热爱，以把他乡做故乡的情怀，用心描摹着新时代中埃文明交融的丝路之旅；用一己的专注、专业与专情，执着推动着中埃人民的友好互信与友爱；用无私、无畏与灵活机智，柔软着不同文明间的差异与对话；用宽广、豁达与智慧，实践着"一带一路"的新传奇。

类似的画面还有很多很多，由于篇幅所限，不再赘述。我想，留给翻开这本书的读者以更多的个人品味空间，应该是我对读者和作者所能做的最大尊重与支持。

新时期中埃两个文明古国携手共创美好未来，堪称中国与各国友好合作的典范。相信，在不远的将来，一个真正属于埃及人民，属于"一带一路"沿线国家，属于世界所有爱好和平、努力推动人类发展的人们的真正春天，定会到来。

中国前驻埃及大使兼驻阿盟全权代表

中国政府前中东问题特使

2020年11月18日于北京

前　言
——写在埃及总统塞西首次访华之际[①]

在北京飘雪的浪漫冬日，开罗的三角梅悄然绽放，昭示着自2011年"阿拉伯之春"以来埃及政局动荡、社会混乱的阴霾有望消散，中埃两国人民携手翘盼双边友好新的春风！

两个渊源深厚的文明古国，自古以来交融互鉴。古埃及人的通商之路，经过西奈半岛，穿过巴比伦前往东亚，抵达中国；古中国人的"丝绸之路"，自古都长安一路向西，经过天山南北，穿越中亚、西亚，抵达埃及。2000余年的密切往来，增强了彼此之间的理解与互信，两国人民世代相惜相亲！

两个热爱和平、共谋发展的第三世界大国，正在成为全新的战略伙伴。进入新时代，以习近平同志为核心的党中央面向未来，为世界人民谋福祉，提出"一带一路"倡议。"丝绸之路经济带"，将实现千年古丝绸之路的现代新生；

[①] 2014年12月22日中埃网特稿，原标题《蓄力，为迎接新的春天——写在埃及总统塞西首次访华之际》。埃及总统塞西当日启程赴华，首访阿拉伯世界以外的第一个亚洲国家。

"21世纪海上丝绸之路"，将串起中国至东盟、南亚、西亚、北非、欧洲等经济板块的市场链。"一带一路"海陆沟通，南北互动，有望通过促进相关国家互利共赢，构建世界经济新格局；"一带一路"起于中国，交于埃及，有望开辟两国合作的新天地，推动中埃关系登上新高峰！

在皑皑白雪的覆盖下，小草儿歇息，小虫儿冬眠，静候下一个春天的到来。经过三年多[①]的漫长等待，中埃两国各领域的深化交流即将迎来新的春风。让我们拭目凝神，蓄力待发，甘为装点中埃友好满园春色的一棵棵生生不息的小草，争做唤醒双边互动新春天的一只只倔强的小虫！

河北科技大学埃及研究中心

---

① 指2011年1月25日埃及爆发"一·二五"革命到塞西总统2014年6月上任并于12月首次访华的一段时间。

目 录

1　菜场"变身"记　/ 001

2　国庆日，我在尼罗河边妆微信　/ 011

3　在开罗，我碰上了"促销的"　/ 017

4　我的学生叫"好汉"　/ 023

5　我和莫娜的"战争"　/ 035

6　"保电"的兄弟　/ 045

7　埃及人民期盼尽快通高铁　/ 053

8　拉希德的菜篮子　/ 061

9　别样尊宠：埃及驴　/ 069

10　茹卡雅的诞生礼　/ 077

11　我的地震：少年不知愁滋味　/ 087

12　"走失"的咪咪在哪里？喵星人的天堂——埃及　/ 099

13	"你要告诉中国朋友一个好的埃及！"	/ 109
14	晕！埃及人民"全民决定"放一天假	/ 117
15	"让儿孙为我骄傲！"	/ 123
16	"故乡是开罗"的年轻母亲和她的孩子们	/ 135
17	四岁埃及女孩的思念	/ 139
18	纳吉姆的"中国梦"	/ 143
19	梦见拉美西斯二世	/ 153
20	新年前一天，纳蒂亚陪我去医院	/ 163
21	与花匠"讨价还价"	/ 169
22	新一代的埃及母亲	/ 175
23	阿努比斯神的后裔	/ 185
24	"他的名字叫埃及"	/ 193
25	伊斯兰姆求学记	/ 201
26	我的埃及药神	/ 213
27	"杰弗瑞舞"	/ 221
28	诗赠多年躬耕撒哈拉的老友	/ 233
29	卜算子·南园春早	/ 235
30	清平乐·梨园	/ 237
31	如梦令·昔日狂沙怒吼	/ 239
32	五绝·开罗偶书	/ 241

目 录

33　如梦令·尼罗河畔闹新春　/ 243

34　忆江南·静夜思　/ 245

35　七绝·开罗的雨　/ 247

36　如梦令·碧叶粉荷青蓬　/ 249

跋　/ 251

后记　/ 253

▲ 邻家菜店

1 菜场"变身"记[①]

吃饭问题是生存和发展的根本问题。教师赴海外工作，解决好吃饭问题，既是个人生存的基本要求，也是不辱使命、圆满完成派出任务的潜在途径。外派埃及工作以来，我经常去学校附近的小菜场。几番"较量"，小菜场完美"变身"，成为我传播中华优秀传统文化、推动中埃友好的新渠道。

去菜场的最基本目标是能买回菜。埃及居民多为穆斯林，伊斯兰教在其社会生活中起着绝对的主导作用。当一个着便装、烫齐耳短发、不会说阿拉伯语的中国女人出现在小菜场，对于穿长袍、不许妻女"抛头露面"、几乎没有教育背景，更谈不上具有国际交往经验的穆斯林商贩来说，

[①] 2014年9月29日光明网首发。2014年11月2日《燕赵都市报》刊发缩减版本。

其冲击力是显而易见的:嘈杂的人声瞬间消失,小菜场变得出奇的安静,各种目光齐刷刷射向我……我一愣,迅即压制住强烈的孤独、陌生感,转而以明星般的舞台感、亲和感,微笑着"嗨"了一声,并向收银台方向挥了挥手,力求融入环境。大胡子长袍收银员挤出一个尴尬的微笑作为对我的回应。我点头,然后转身,背对收银台选购自己需要的蔬菜水果。结账时,我试图用英语沟通,以便把握单价和总价,但发现他们的高声"回应"我完全听不懂:不但没有一个英语单词,而且其神态看起来似乎比我还要焦急,好像嫌我听不懂他说的话。看来,面向普通民众的基层小菜场,是没有英文的购物环境的。怎么办?我决定选择"试探性"信任:笑

▲ 尼罗河河心岛上的便民菜摊①　　▲ 卖大饼的路边摊　阮耀华　供图

---

① 无标注供图作者的图片均由本书作者供图,下同。

1 菜场"变身"记

一笑,摇摇头,然后将几张小面额纸币展开并双手捏紧递过去。收银员明白了我的意思,继续唠叨着我完全不明白的语言,抻走其中两张,找零几个硬币,示意我离开。走出菜场,我以同样的方式购买了鸡蛋、大饼。拎着沉甸甸的"战利品"走上回家路,我暗自窃喜:初战告捷!

成功的喜悦在第二次去菜场的时候被颠覆。我发现,我的采购价格、计量单位似乎和埃及本地人不一样。埃及人买菜,收银员在称重时往往要加加减减,以便凑整1公斤或者2公斤,而且找零时经常有最小面额的硬币和纸币;我的采购量虽远不及埃及家庭的采购量,但花钱却并不比他们少,感觉起价更高,而且不补重、少找零。在某些方面,国民与非国民待遇应有所不同,难道在菜场也不能享有"国民待遇"?或者,埃及男人有意刁难我一个"奇怪"的、需要自己买菜的外国女人?

为求证我的猜测,在我第三次去菜场时,选择了下午最高峰时段。进店后,我跟随一个穿西装、戴眼镜的本地人,用英语逐一确认单价,并选择和他一样的品种。在他称重、付款后,我请他帮忙做翻译。收银员对我选购的菜,依然只是象征性地称重,价格也是只报总价,不对各个品种分别计价。我微笑着问我的"翻译":"有没有发现他们待我和待您不一样?他们多收我的钱。您能不能帮助我,仔细算一算到底应该是多少钱?"他表情严肃地答应了我。对于

◀ 开罗超市一角
陈铄灵　供图

我提出的一份一份重新称重、分别计价的要求，收银员有点不耐烦，但不得不按照"翻译"的意见，将我的菜品逐一称重并补足半公斤或者1公斤，然后精确计价。精确计价的结果为17埃镑，比最初缺斤短两的估价20埃镑要少3埃镑。对此，我抓住契机，步步紧逼，不但生气地和"翻译"讲理，而且以夸张的声调和体态语言吸引店里所有人：我虽然是外国人，但我远离我的祖国，来到埃及，为埃及人民工作，为什么他们多收我的钱？为什么要欺骗我？……此时，小菜场充满火药味，俨如硝烟将起的战场，一不小心就有可能激发更深层次的矛盾，轻则不欢而散，重则甚至可能带来连锁反应，乃至最终引起国际纠纷。我虽然在高声、夸张地抒发愤慨，但其实心惊胆战、如履薄冰。幸运的是，"翻译"面色尴尬、饱含歉意，一方面劝我不要生气，另一方面喊来菜场老板，把我的不满，当然，也包括他的态度，一并转

1 菜场"变身"记

告给了菜场老板和收银员。菜场老板连声"OK",面含微笑转向我,拍着胸脯连说带比画。"翻译"告诉我:"老板说了,他们以后会按照和我们相同的价格卖给你,希望你能信任他们。"此时,我心中的一块石头才算最终落了地,停止喋喋不休的追问,并掏出100埃镑付款。收银员如霜打的茄子般没精打采,但其实依然傲慢,慢腾腾、不耐烦地5镑10镑凑找零。"翻译"一气之下夺过他手中的零钱,先挑出一个面额50镑的,再分别挑出票面比较新、面额为20镑和10镑的,其余塞回他手中。在催促找零另外3镑硬币后,仔细地把纸币、硬币整理好一并递给我,并祝我一天愉快,希望我在埃及度过一段美好时光。遵照埃及社会生活中付小费的习

◀ 香蕉熟了 葛爽 供图

◀ 椰枣熟了

◀ 仙人果熟了

◀ 橙子熟了 王馨 供图

005

俗，在握手致谢道别时，我将刚刚找回的20埃镑悄悄塞到他手中，被他拒绝，告诉我说他不喜欢这样做。

好一个淳朴善良、"爱管闲事"的热心人！

虽然自那天菜场邂逅、分手后，我再也没有见过这个人，但他留给我的印象是深刻的，永远抹不掉且终身难忘的。如果没有他的出手相助，真不知我争取"国民待遇"的奋斗之路要走多久！这件事也从另一个方面告诉我们，教师在海外生活，绝对离不开当地居民。取得当地居民的支持和帮助，往往事半功倍。

事后，我反思"国民待遇"之争的价值，绝不是我能省多少钱，或者花多少钱能买多少东西，而在于我作为一个中国人、一名中国教师，能够在埃及本地市场上和当地居民享有平等的权利，免遭身份歧视，其意义非同小可。那么，下一步，我该怎么办呢？我想，我既不能满足于已经取得的小小成果，更不能沾沾自喜、趾高气扬地树立对立面，必须消除"斗争"过程中留下的"后遗症"，进一步巩固和扩大"战果"！为此，我确立了新的菜场奋斗目标：推广"你好"，普及微笑！

当我再一次走进小菜场，明显感觉到收银员的表情有些异样，怪怪的，似乎带有些许愤懑、抵触，抑或是惭愧、哀怨、失落，甚至羞耻。我只当任何事都没有发生过，微笑着朝他打招呼，然后反复说"你好"。他终于捕捉到了"你好"这个关键词,并在我的目光和手势的鼓励下,拉长声跟我读——"鸟"。我微笑着指导他,一遍又一遍地纠正发音,并用简单的英语向围拢来的"观众"解释"你好"的含义和用法。有人听明白了,于是主动担当阿拉伯语翻译。恍然大悟的人们纷纷尝试说出"你好"。此时,小菜场俨然变成了课堂。我适可而止,微笑着向大家招招手,开始购物。结算时,收银员继续拉长声说"鸟",我对他说"你好",他用阿拉伯语逐一报价,同时指着天平的计数,并重复报价,意思是教我认识天平并学习阿拉伯语计数,我欣然接受……在我付款离开时,我分明看到他的脸上写满喜悦,而我,也收获了满满的成就感。我想,我和收银员的关系从此应该是更近了一步:如果哪一天我在埃及遇到困难,他一定不会视而不见!

此后,每一次进菜场都是愉快购物、友好沟通、学习交

▶ 邻家鸡肉店

流的过程。他们教会我用阿拉伯语数数和基本的日常用语，我教会了他们"你好""谢谢""再见""中国""朋友"等简单词语。每次进菜场，老板、收银员、伙计们都对我远接近送、前呼后拥。有时，我们也会遇到一些懂英语的其他顾客，这时的讨论就会更深一步。几个月来，我们先后讨论了埃及新政府的改革措施、斋月和开斋节、春节、能源危机、交通拥堵和车祸解决办法、中埃友谊和新"丝绸之路"等热门或重点话题，最大限度地达成了相互理解和共识。此时，小菜场岂止是菜场、课堂，俨然已经升华为多语言环境下的文化沙龙和国际交流的和谐殿堂！

刚刚结束的埃及开斋节假期外加周末倒休，是一个足足的长假。我和朋友外出休假，大约有两周时间没有光顾小

◀ 总台记者探访苏伊士海鲜市场　王馨　供图

1 菜场"变身"记

菜场。休假归来，我带两个姐妹一起去采购，店老板和伙计们面露惊喜，不但比以往更加热情，而且手舞足蹈不停地叨叨着什么。我问一个戴眼镜的男顾客"这些朋友在说什么？""眼镜男"含笑告诉我，他们说"欢迎回来！你好久不来了，以为你回中国了，再也见不到你了"。听闻此言，我感动得差点儿流眼泪，生发出被朋友所惦念、被他人所需要的浓浓的幸福。我告诉他们我去休假了，相信他们也度过了一个快乐的开斋节。随后，我向他们介绍了我的两个姐妹，并提出，希望他们帮忙选一些好的水果。老板亲自上阵，一粒一粒挑拣樱桃，比我们自己挑拣不知要仔细多少倍。我想，这一简单的挑拣动作，其意义绝不在于我们能吃到上好的、物美价廉的黎巴嫩大樱桃，而是让我们这些远离祖国、在异乡漂泊的华夏儿女，收获到满满的来自其他种族、民族人民的尊重和爱戴，也意味着通过我传递到这个小市场的中华民族友谊之花，已经在这里生了根、发了芽！

岁月倥偬，行色匆匆；牢记使命，万物传情。在我看来，开罗城郊一个不知名的、微不足道的小市场，托起了我的中国梦，搭起了中埃友好交流的一座小桥，也构成了我国广大外派汉语教师传播中华文明、促进中外友谊宏伟乐章中一个轻轻的律动。

这份幸福和眷恋，对我刻骨铭心，令我毕生珍存！

▲ 在中国驻埃及大使馆国旗下读书的孩子
阮耀华 供图

2　国庆日，我在尼罗河边妆微信[1]

都说手机荼毒心灵，岂不知，对于远离祖国、漂泊异乡的游子，很多时候它承载着我们对故土、对亲人的深深思念，是我们心灵的港湾。国庆日的清晨，望一眼窗外的尼罗河水，沏一杯他乡的红茶，我独坐窗前，静静地刷微信。

刷微信，已成为我每天起床后的必有动作。刷微信，可知故乡事，可知朋友心，可知离乡万里、久未回家的我是被惦念还是已经被遗忘。浏览朋友圈，择优点赞、评论，然后发一个自己的原创，满怀期待等候点赞，眼巴巴盼着有更多的评论。如果哪一天因忙碌错过了这一环节，心里就会空落

---

[1] 2014年10月17日光明网首发。

落的，存在感缺失，迷惘恍如隔世。

国庆日的朋友圈充满喜庆气氛：圈中好友热评国庆招待会，大赞习近平总书记讲话；各种照片展示中华美：博总进藏已达红原，雪妹在京沪高速沂南服务区歇息，华哥拥抱唐山老家那片藏有我们无数美好的儿时回忆的玉米地，楠楠晒出别致诱人的石家庄餐厅美图……多么温馨，多么怡人，多希望现在就和他们在一起！但是，我不能，我的岗位在开罗，为责任，为使命，我必须坚守，用心耕耘这片他乡的土地。此时，我百感交集，泪水不禁盈满眼眶。何以表达我的思念？何以告慰亲人的嘱托？何以为祖国母亲65岁华诞献

▲ 尼罗河上的帆船

2 国庆日,我在尼罗河边妆微信

礼?前思后想,我决定借微信传情,为她巧梳妆。

主页图片,我选取了《远方的家》——去年离家时在窗前拍摄的一张风景照。他乡的窗外是尼罗河水,家里的窗前是蕴育了新中国的柏坡湖。在家时,最喜凭栏远眺,看水中倒影,赏碧波潋滟,目光追踪水面嬉戏的鸟儿,全身心融于湖光山色。闲暇时湖畔散步,瞧一瞧悠然垂钓的邻居和他的鱼篓,顺手捡拾曹火星纪念馆门前不知是谁无意遗落的垃圾。走进康克清先生题名的"柏坡湖儿童乐园"的大门,不知不觉总会伫足于四妮家的农家乐小店,吃一顿贴饼子、熬小鱼儿,聊一阵家长里短,然后心满意足地沿湖边溜达回

▲ 柏坡湖畔的家

"一带一路"上的埃及故事

▲ 作者在埃及为祖国母亲庆生

去。眼望尼罗水,心系柏坡湖。我的柏坡湖,你好吗?无论我走到哪里,你都是我心之所依、梦之所念。微信主页的图片可能经常换,但你在我心中的地位却永远不会变!

头像,我选择了《异乡的我》——日前出席我驻埃及使馆国庆招待会的照片。在家时,除非遇有特殊场合,我喜欢着便装,尽可能让自己舒适安逸。旅居海外,更多的时候要着正装,赢得我们的"脸面"。国庆日,海外游子都会精心打扮一番,穿上自己"最豪华的衣服",与各国外交使节、当地社会名流欢聚一堂,同贺祖国母亲生日。着正装会让人拘谨,无形中产生很多束缚,但唯有着盛装才能展现国庆日对中华游子的重要意义,才能在"老外"们心中激发起对中华民族的崇敬。衣服有价,但心意没有贵贱。我买不起昂贵

2　国庆日，我在尼罗河边妆微信

的豪华礼服，但我永远会把"最豪华的衣服"穿戴于祖国母亲的寿辰！

设置完主页，我发图："国庆日，打扮一下赖以'刷存在'的微信：远方的家，异乡的我。遥思故土，心安即家。祈福祖国，颂福亲朋！"

发送键刚刚按下，红姐的评论倏然蹦出："为中国人争气，增光添彩！"此言的作用力，对在国内生活的同胞而言可能寻常，但对此时此刻的我、对身处海外的华夏游子，无异于一针大剂量的"强心剂"：当即令我身心一振，端正坐姿，挺直脊梁，唯恐给中国人丢脸。看着屏幕上陆陆续续蹦出来的一个又一个赞，稍许我才把自己从想象中的"战场"拉回来，重返现实中的微信家园，让紧绷的神经稍稍松弛。

微信时光稍纵即逝。带上挚友亲朋的鼓励，怀揣被惦念的幸福，感知祖国在为我撑腰鼓劲，我心安，信心满满，微笑着开始了新一天的耕种。

▲ 尼罗河母亲　乐文锐　供图

▲ 超市里的促销女孩

3　在开罗，我碰上了"促销的"[1]

即便近年来经济衰颓、民生维艰，但庆幸的是埃及基本没有出现大的抢购潮，各大超市的物资供应不但一直比较充足，而且在开斋节、宰牲节、圣诞节、元旦等重大节日，还会有较大幅度的打折或其他形式的促销活动。元旦前夕，为做好"宅"在家里的物资准备，我来到开罗"食品最丰富"的特大型超市——Hipper One，例行采购。没想到，本来寻常的一次采买活动，由于碰上了"促销的"而变得别有韵味。

在吃的、喝的几乎快要装满购物车的时候，按惯例，我结账前的最后一站是酸奶货架。不出所料，我爱喝的那种平时价格超过5镑的酸奶，今天标价只有4.3镑。果断买，而

---

[1] 2015年1月3日人民网首发。

且多买！在我已经取了几瓶的时候，感觉身边有人在和我说话。但是，她说阿拉伯语，我听不懂。我转身，见一个穿白衣、包白色头巾并戴白帽、挂醒目胸卡的小姑娘，正在微笑着向我介绍着什么。我告诉她，对不起，我不懂阿拉伯语。她好像一下子变得很失落，摇摇头，略显焦急地将右手三个指头捏在一起快速抖了几下。这是埃及人常用的"请稍等"的手势，我微笑着点头回答"OK"，但其实不以为然，以为这事只是一个小插曲，已经结束了。等她快步离开后，我又取了几瓶酸奶，然后推车向收银台走去。说实话，虽然她让我"稍等"，但我根本没想等她回来，也没想到她真的会回来，更想不到后面还会跟着一系列其他举措。

我选了一个排队的人相对不多的收银台，刚刚站好，只听一个清脆的女声对我说"嗨"。我扭过头去，见一个和刚才小姑娘着装完全一样的另外一个小姑娘，看来她们是一

▲ 开罗超市一角　　▲ 开罗超市一角

3　在开罗，我碰上了"促销的"

个公司的。我礼节性地回应她"嗨"，面带微笑，更多的是疑惑。她问我"你说英语吗？"我说"一点点"，她说"请跟我来"。我一愣，有点不知所措，为什么要我跟她走？会不会有什么麻烦？按理说，我在超市很讲文明，也很谨慎，既没有丢失自己的东西，也没有乱扔杂物，更没有损坏她家的商品啊！……这种疑虑转瞬即逝，因为，她一直面带微笑，用蹩脚的英语、亲和的手势和友善的眼神鼓励我跟她走。我想，反正在这么大的超市，她一个小姑娘家家的，能把我怎么样？走就走！我放下购物车，跟随她回到刚刚取酸奶的货架前，她又做了一个让我稍等的手势，大声招呼她的另外一个同伴。等到又一个同样是穿白衣、包白头巾并戴白帽、挂胸卡的小姑娘一溜小跑来到我身边以后，这个小姑娘向我做了一个再见的手势，然后离开。当刚刚到来的小姑娘开口那一刻，我瞬时恍然大悟：她们三个人的英语水平，顺序是零、初级、中高级。第一个和我说话的不懂英语的小姑娘，召来了第二个懂一点英语的；等第二个略懂英语的把我从收银台带回来以后，第三个英语"最好"的闪亮登场，专门为我服务。我很奇怪，她们这么卖力气，究竟要对我做什么呢？

小姑娘娓娓道来："感谢您选择我们的产品！我是这个公司的员工（指着自己的胸卡和产品上的商标让我识别）。今天，我们有一个促销活动，如果你买够15镑的产品，就会

"一带一路"上的埃及故事

▲ 开罗街景：卖烤红薯的小贩和骑摩托的少年

得到两个额外的礼物——来自'总统'（PRESIDENT，不知道是"总统"还是"董事长"）的礼物。我们发现您选购的商品已经超过15镑，请您耐心一点，带走我们的礼物。请跟我来，让我告诉您去哪里领礼物。"她带我走到最边缘的收银台，手势指向远处，让我寻找一个和她穿戴一样的人，反复问我："看见了吗？和我一样的衣服？"当确认我真的已经看到了她的同事后，她说："现在您可以去付款了。付款后，拿着您的收据去找她，您就可以得到我们的礼物。"

经过如此一番耐心细致的"连环"指导，我对这份额外的礼物已经充满期待。结完账，我急匆匆走向领取礼物的地方。第四个穿白衣、包白头巾并戴白帽、挂公司胸卡的小姑

3 在开罗，我碰上了"促销的"

娘，接过我的收据，逐一划出她公司的产品，在递给我四个盖子上写着"PRESIDENT"的保鲜盒之后让我"摸奖"。我按其指导抽了两个类似"刮刮乐"的奖券，她逐一刮开，口称"祝贺"，居然又给我两包奶酪！

欣赏着我的这些"奖品"，我由衷地、发自肺腑地感叹和敬佩这些"促销的"！我想，她们之所以用"接力"的方式帮我完成"领奖"的过程，一方面可能是由于机会确实难得，这次促销是实实在在的回馈客户，买30多镑的商品几乎返还等值的礼品；另一方面，我认为，也是更大的可能性，十有八九是她们觉得我是一个"老外"，如果由于语言障碍错失属于我的机会，有失公平。可爱的姑娘，体贴的朋友，纯朴善良的埃及人！

我吃不惯奶酪，离开超市后将两包奶酪转送给了"卖"纸巾的人[1]。至于四个"PRESIDENT"保鲜盒，我将永久珍藏，留作美好的回忆。

---

[1] 在马路上"卖"纸巾的人，通常被埃及人民默认为经济拮据、需要帮助的人。

▲ 合影留念　齐正军　供图

4 我的学生叫"好汉"[①]

我的学生穆斯塔法，中文系三年级学生，曾有一个中文名字叫"小穆"。去年，穆斯塔法获得孔子学院奖学金，去中国学习了半年。再次见到他，是在今年春季开学的时候。上课时间就要到了，穆斯塔法兴冲冲地走进教室，高呼："老师！"我回应："小穆，好久不见，在中国还好吗？"他非常兴奋，用依然蹩脚但比半年前已有明显进步的中文告诉我："我很好，中国很好，我（以后还）要去中国！……老师，我不叫小穆（了），我有了一个新的中文名字，我要你叫我'好汉'！"

[①] 2015年3月31日人民网首发。2015年4月改编为话剧，慕好汉及其同学本色出演并在汉语桥比赛埃及地区赛中登台表演。2016年第4期《孔子学院院刊（阿语版）》刊发缩减版。

这可给我出了个难题！不叫他"好汉"，他肯定不满意；叫他"好汉"，我又不能。"好汉"岂能随便叫？我稍稍迟疑了一下，微笑着对他说："对不起，我不能叫你'好汉'。"

果然不出所料，他一下子就瞪大了眼睛，说道："为什么？"

"在中国，你知道什么人才被别人叫'好汉'吗？"

"知道知道，我知道。我是（'好汉'），我要（做）'好汉'！"

"我觉得，你还算不上真正的'好汉'。一方面，真正的'好汉'，都是别人用'好汉'一词来赞美他、歌颂他。好汉从来不会要求别人叫他'好汉'。另一方面，要想成为真正的好汉，你还需要付出很多的努力。不但将来要在大事上敢担当、能担当，在小事上也要毫不逊色。比如，你想想，好汉上课会迟到吗？好汉会不认真学习吗？好汉可以不交作业吗？……"

当我把埃及学生对待学习的通病几乎列数一遍以后，穆斯塔法黯然低下了头，现出欲言又止的样子。不知是学过的汉语不够用，还是在用沉默来表达自己的失落抑或反抗。我赶紧给自己找"台阶"下："穆斯塔法，我特别希望以后真的有很多人叫你'好汉'，老师会为你骄傲的。为了成为真正的'好汉'，加油啊！我们一起努力，好不好？"

4 我的学生叫"好汉"

师生说说悄悄话

穆斯塔法直起身,抬起头说:"老师,我会(的)。我要努力,我是'好汉'!"说到这里,他拍了拍胸脯,伸出大拇指,先对我竖了竖,然后又指向自己,严肃地点点头,转身离开了讲台,坐到自己的座位上。

这次上课,包括以后的每次上课,我发现穆斯塔法都比以前认真多了,听课很专注,回答问题也很积极,课后作业也能多做一些(以前几乎每次都是"我忘了")。本来,我觉得这完全是他在中国留学半年所取得的成果;后来,我慢慢发现,自己远远低估了来自他内心的渴望——听我叫他一声"好汉"的真情涌动。

我是他唯一的来自中国的老师,也是这所大学唯一的中国人。他给自己起的中文名字如果得不到我的认可,是不可

▲ 埃及科技大学中国文化日师生合影

能获得广泛认同的。事实上，在学生学习汉语的初级阶段，先起个汉语名字，过段时间又换个名字的现象并不少见。对这件事，我本不以为然，以为也就这样过去了。然而，这件事的影响以及接下来发生的事情，完全出乎我的意料。

穆斯塔法在学生中本来就有比较高的威望，现在，他从中国留学归来，使得这种威望进一步发酵，甚至很多低年级学生对他已经到了崇拜的程度。有一天，我和学生们一起讨论参加汉语比赛的人选问题，一群男生围着我，叽叽喳喳，既有毛遂自荐的，也有推荐他人的。穆斯塔法的"铁杆儿"——马哈穆德，急急地挤过"人墙"向我靠拢，"老师，老师！你知道？小穆，他要当好汉，他参加！"

4 我的学生叫"好汉"

我扭头,看到了穆斯塔法渴望的眼神,我问他:"你想参加吗?"

"老师,我要(参加)!汉语桥,我不要,很难;讲故事,我要。"

"可是,我觉得你的语感和发音都还需要改进,还要努力。"

穆斯塔法迟疑了一下,脸色突变,一副伤心失落的样子,"老师,你说,我的发音不好?"

"不太好!"

▶ 携手培养「好汉」的好姐妹

"我的发音,在中国,他们说,我很好!"

"我觉得,你的发音虽然还可以,但是,要想代表我们大学参加比赛,还不够好,还需要改进。"

我们的对话,多数学生并不能完全听懂。但是,大概是感觉我不像是在夸奖穆斯塔法,也可能是学生们之间有更微妙的感应或者更复杂的背景,此时的人群躁动起来,原本叽叽喳喳喊"老师"的声音,完全被阿拉伯语的议论声所淹没。就连穆斯塔法是什么时候离开教室的,我都没有发现。

马哈穆德神情凝重,俯身靠近我,"老师,你说,小穆发音,他不好?"

"我觉得,他的发音还不太好!"

◀ 亲密无间的两国汉语教师

4　我的学生叫"好汉"

"他，很好！他发音，好！"马哈穆德急了，声音一下子抬高了八度。

如此知足、推崇、"信任"和"团结"，一下子把我逗乐了。虽然说"知足常乐"难能可贵，但"知不足"也是美德啊！我一直渴望我的学生可以充分"知不足"并"能自反"，也不止一次两次地在课上谈到这一问题。但此时此刻，面对捍卫"荣誉"、情绪激动的学生，很显然不是高谈阔论讲道理的好时机。怎么办？我一时语塞，半开玩笑地继续回应："你觉得，他的发音比我好吗？"

"他发音，好，和你一样！"

"好的，好的，我知道了。我希望，将来你们的发音都比我好。"为了避免激化矛盾，我赶紧收敛，话锋一转，"马哈穆德，'比'，怎么用？'我希望你们的发音都比我好'。请你用'比'造一个句子。"

我们刚在课上再次复习了"比字句"，但是，马哈穆德仍然不大会用。听到这里，他陷入沉默，但转瞬之间就又回到了他的"主题"。

"老师，你是，不叫小穆'好汉'？"看来，他们事前早就充分讨论过穆斯塔法改名的事。

"是啊！你知道'好汉'是什么意思吗？"我回应。

"我知道。"

"你觉得小穆是好汉吗？"

"他（还）不（是）。"此时的马哈穆德瞪大双眼，慷慨激昂，"但是……，老师，你知道？埃及人，这里！"他边喊边用力捶打自己的左胸，"很硬，很硬，是硬的，你不能……"由于汉语水平有限，再加上激动，他说的话越来越语无伦次。

我一下子紧张起来，神经绷紧，努力捕捉各种信息，急速研判此时究竟出现了什么状况。

我问，"马哈穆德，你是不是想说，老师不同意小穆改名叫'好汉'，他伤心了？"

"是的，他伤心，不好！"

▲ 尼罗河畔的音乐课　齐正军　供图

4　我的学生叫"好汉"

"马哈穆德，在中国，'好汉'不是可以随便叫的。好汉是勇敢、坚强的英雄。被别人叫'好汉'，是至高无上的荣耀。我不想伤害小穆的自尊心，但是，我也不能轻易就叫他好汉。我们一起帮助他，让他将来成为好汉，好吗？"

马哈穆德点了点头，不再继续表示对我的"抗议"。

眼前的骚动似乎一时解决了，但这件事对我的触动非常大。我反思自己，可能由于对埃及学生的性格和心理习惯认识不够，我处理问题简单化了。仔细思量，穆斯塔法改名这件事不同于普通的改名，因为，他热衷乃至膜拜的汉语名字是"好汉"。这不仅是简单的改名问题，更是文化接轨和价值认同问题。我非但不应回避，而且应当采取一些积极措施，以弥合、增进我们来之不易的师生感情，同时推动学生进一步提高对中华文化的兴趣和认同。

第二天，我专门去找穆斯塔法，他正在自习室写作业。我悄悄走近，拍拍他的肩，小声问："嘿！参加比赛的事想好了吗？"

"我在想，我准备。"穆斯塔法对我浅浅一笑，故作轻松，但年轻人的心思是藏不住的，眉宇间透出凝重。

"加油啊！我希望你能带领很多同学一起进步。我们下个星期组织预赛，选出最优秀的同学，去代表我们大学参加决赛。我知道你非常优秀，我信任你！"

此刻，我看到穆斯塔法目光闪亮，脸上也多了一些笑意。短短几句话，是让他挽回了"尊严"，还是唤醒了理想、点燃了希望？

我俯身，继续说："昨天，你的同学告诉我，我不同意你改名叫'好汉'，你不高兴了。我考虑了一下，如果你能带领大家一起好好学习，共同进步，我同意你改名。但是，不能只叫'好汉'两个字。你叫穆斯塔法，我们取你阿语名字的第一个音"穆"，换一个字，羡慕、仰慕的"慕"，慕好汉。意思是羡慕好汉，仰慕好汉，希望自己将来成为好汉一样的人，做好汉一样的事。可以吗？"

穆斯塔法沉思了片刻，"老师，慕好汉，姓慕，叫好汉，对吗？"

"对！"

"我的姓名是慕好汉，非常亲密的朋友可以只叫我'好汉'，对吗？"

"对！"

得到了我肯定的答复，穆斯塔法终于开心地笑了，"谢谢老师，我是'好汉'，慕好汉！"

多可爱的学生！

我乘势而上，"慕好汉，我现在还不能只叫你'好汉'。如果你能带领同学们一起努力，学好汉语，学好中国文化，多做好事，让我觉得你能担得起'好汉'这个称呼的时候，我才能叫你'好汉'！"

4 我的学生叫"好汉"

"好的好的,老师,放心吧,我会(努力)的!请您相信我!"

看着他执着、坚毅的样子,我禁不住喜由心生,无比欣慰,空前满足。

从此以后,慕好汉对学习汉语和中国文化的热情越来越高涨,在他的带领和感召下,我的学生们正在发生着可喜的变化。也有别的同学陆续向我提出改名,马哈穆德说,他想叫"马好汉";艾哈迈德说,他想叫"艾好汉"……我身边的"好汉"越来越多,不但让我们的汉语学习过程变得越来越快乐,而且师生情谊犹如涓涓细流,绵绵不息,一点一滴汇入了中埃友好的历史长河。

▲ 慕好汉(前)和他的同学们

▲ 签订《开罗宣言》的米纳宫，走廊左手为丘吉尔下榻的房间 韩兵 供图

5 我和莫娜的"战争"[①]

莫娜,美籍埃及人,四十多岁,精通阿拉伯语、英语、日语、法语等多种语言,在埃及亚历山大城的一所大学任教,日语教授。

初识莫娜,是在去年夏天,适逢地中海旅游旺季。素有"地中海新娘"之称的亚历山大城,游客爆满,一屋难求。我们一行四人自驾来到亚历山大,因提前预订的房间被无端取消,只得另觅住处。朋友托朋友,几个回合下来,我接到了莫娜的电话,并在她的帮助下最终入住。

第二天,莫娜和她全家一起出动,陪我们游览亚历山大城。我们边走边聊,相谈甚欢。走着走着,莫娜突然指着与

[①] 2015年8月14日中国驻埃及大使馆官网首发。本文获得中国驻埃及大使馆"纪念抗日战争胜利70周年"征文比赛特等奖。

"一带一路"上的埃及故事

她的孩子们一起说笑着前行的我的旅伴——23岁的小伙子小李,问我:"这个年轻人,是中国人吗?"

"是啊!"对于她的提问,我有点奇怪。

"我有一个日本朋友,和他简直是双胞胎!"莫娜若有所思。

"真的?!"我相信,作为日语教授的莫娜不乏日本朋友,正如学习汉语的"老外"无不广交中国朋友,但双胞胎一说还是让我感到有点吃惊。而且,隐隐约约,感觉她的真实意图似乎不在于告诉我她有一个外表和我的朋友高度相似

▼ 米纳宫大会议厅

5　我和莫娜的"战争"

的日本朋友。我不禁暗自思忖：她想说什么呢？

莫娜解释道："真的，我在日本学习的时候，我们是邻居，也是好朋友！"

"这很难得，但并不奇怪！日本人、韩国人、朝鲜人和中国人不但外貌相似，而且文化相近。历史上，这些国家深受中华文化影响。比如，日文中就有很多汉字……"说到这里，我似乎遇到了某种障碍，不知如何突破，一时语塞。我们的对话陷入了尴尬的沉默。

莫娜意味深长地看着我，压低声音："恕我冒昧，我想知道，埃及人已经不恨德国人了，中国人为什么就不能放下仇恨呢？"

闻听此言，我当即警觉：这位日语教授，柔和中透着犀利，什么意思？我深知，作为以日语为专业的美籍埃及人，莫娜难以摆脱在其获得日语过程中所形成的日语思维乃至日本立场，其观点也必然带有浓厚的美国烙印。但是，直觉告诉我，虽然她言谈中透出对中国人的偏见，但其实并无恶意。之所以"不识时务"地发起"进攻"，可能是基于知识分子求知求真的本能，也可能是基于对中日关系一知半解，出于善良，试图为化解矛盾尽一己之力。对此，无论如何，我都必须"还击"，告诉她真实的中日关系，帮助她了解中国！

"莫娜，我知道，埃及人民是宽宏大量的，中国人民也一样！但问题是，日本和德国不一样！德国承认了自己的战

037

争罪行，向全世界道歉，承诺永远不再发动侵略。可是，日本呢？"我抬高声调，面含怒气，"你知道日本政府、日本军队是怎么对待中国人民的？近代以来，日本人强调'开拓万里波涛，布国威于四方'。120年前，1894年，他们发动大规模的侵华战争——甲午战争；1928年，他们再次侵略中国；1937年，发动了全面的侵华战争。战争对中国人民的伤害，你能想象吗？不说别的，只说死亡人口，仅二战期间，日本军队杀死的中国人，就差不多相当于现在一半的埃及人[①]！"

"一半的埃及人？"对于这个数字，莫娜半信半疑。

"是的！你可以去查，但不要只看日文资料！因为，日

▼ 地中海之夜

[①] 2014年埃及人口数为8680万。学界认为，抗日战争给中国造成的伤亡人口总数超过4500万。

5　我和莫娜的"战争"

本人写的历史，和埃及人、中国人甚至美国人写的不一样！日本政府一直在想方设法掩盖历史，他们说，日本军队占领中国，是为了帮助……"

此时此刻，我已因愤怒而语无伦次。莫娜赶紧安抚我："我知道，我知道，别生气，别生气！"

我强忍悲愤，要求自己的语气平复下来。"中国人民在战争中损失惨重。甲午战争，中国战败，不得不支付2亿多两白银的战争赔款，这为日本进一步发动侵略战争奠定了物质基础；抗日战争，中国战胜了，但是，为了让两国人民放下仇恨，和平共处，中国政府放弃了赔偿要求。"

莫娜很是惊讶："真的？放弃赔偿？"

"真的！我们放弃了让日本进行战争赔偿的权利，这为二战后日本迅速恢复经济创造了有利条件。我们只希望迅速恢复和平，重建秩序，让中国人民、日本人民都早日过上好日子。但是，事实上，日本政府却并不真正遵守和平协定。……你知道《开罗宣言》吗？"

很遗憾，莫娜真的不知道《开罗宣言》。我向她做了简要介绍后，继续说："日本政府一边承诺无条件接受《开罗宣言》，一边否认战争罪行，不思悔改，破坏和平，不仅严重伤害了中国人民的感情，也伤害了韩国、朝鲜等被侵略国家人民的感情。已经七八十年了，他们一直不能正视历史，而我们却一直在苦心等待，等待日本给我们、给世界人民一

"一带一路"上的埃及故事

个道歉……"

"他们从来没有道歉？！"对此，莫娜大吃一惊。

"没有，从来没有！"

"也许，他们羞愧？"

"是的，他们羞愧！但是，不是因为战争犯罪而羞愧，而是因为输掉了战争、没有达到战争目的而羞愧！他们虽然承认战败了，但并不认为自己做错了，而是悔恨自己不够勇敢、不够强大，直到现在，他们一直都在寻找机会，一旦有机会，可能会再次发动侵略战争，占领中国，占领亚洲，占领世界！"

▼ 地中海一瞥

5　我和莫娜的"战争"

我义愤填膺，慷慨陈词。莫娜陷入了沉思。

我放慢节奏，准备收尾。"中国和埃及一样热爱和平。埃及从来没有侵略过别的国家，中国也是。"

莫娜一怔，"你是说，中国从来没有侵略过别的国家？"

"是的！"

"也没有侵略过朝鲜？"

闻听此言，我明白了：作为美国公民，莫娜是站在美国立场上解读抗美援朝战争的。为避免好不容易取得的"战果"功亏一篑，我转为相对中性的语言，"朝鲜战争，是美国军队先进入朝鲜半岛的。朝鲜军队难以抵挡美国军队，所

以，请求中国人民帮助他们把美国军队赶出朝鲜。朝鲜领导人请求在先，中国人民志愿军入朝在后。你觉得，这是侵略吗？"

此时，莫娜已是满眼迷惑。我"乘胜追击"，鼓励她进一步探索："你可以多查一些资料。不要只看一种语言的。多比较，就会发现真相！"

那天，我们很晚才依依话别，相约再聚。

分别后的一段时间，我反复回味和莫娜"战斗"的场景。无疑，莫娜是一个开放的穆斯林、善良的美国人、博学多思的日语教授，非常令人尊敬。但她对中国知之甚少，甚至存在一些误解。作为她的第一个中国朋友，怎么帮助她认识中国？如何增进她对中国人民的理解和信任？我必须有所行动。

接下来，我专门搜集了一批在战争期间西方记者拍摄的照片和文字报道，陆续发送给她。每次收到我的邮件，她都简单回复"谢谢"。这种不冷不热的邮件，让我以为莫娜对中国和中日关系的探究已基本告一段落了。可是，过了差不多半个月，莫娜突然在脸书上分享给我一个链接，打开一看，是敦促日本政府正视历史的短视频！我一阵惊喜：原来，她不但一直在深入，而且用心良苦，以这样一种"无声胜有声"的方式表达对我所述观点的认同。我以一个笑脸图标做出回应，而她，竟然回发了《开罗宣言》影印件的照片！此时此刻，我从心底发出了欣慰的微笑：从此，世界上

5　我和莫娜的"战争"

多了一个要求日本政府正视历史的国际友人，中国人民多了一个新朋友！

莫娜回访我的时候，我们已经俨然多年老友甚至闺蜜，高高兴兴一起逛街。在一家体育用品店，经反复比较，我选择了一套日本制造的羽毛球装备。对此，莫娜再次发起"进攻"："这是日货，你不介意？"我笑答："没关系！不过，如果有中国品牌，我首选国货；如果有埃及制造的更加优质的产品，我会优先选择！"

正在莫娜频频点头之际，我回击："你看，这么多商品，哪个是埃及制造的？你能不能推动埃及人民多学点技术，发展自己的工业？"

莫娜从点头转为摇头，落寞神伤，但很快就莞尔一笑，"没关系，'一带一路'会带动埃及经济好起来！"

我报以更加灿烂的笑容，拍拍她的肩，一起走出了商场。

我想，我和莫娜的"战争"会长期持续下去。但是，俗话说"不打不成交"，我们的交情必将越来越深。唇枪舌剑，也是人类和平友好壮歌中不可或缺的音符。

▲ "保电"的兄弟　孙岩　供图

6 "保电"的兄弟[1]

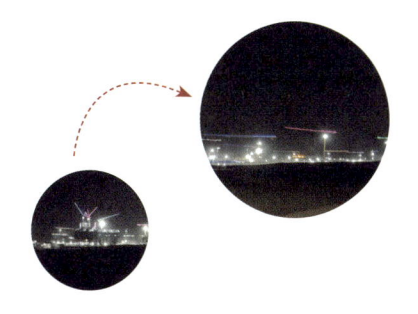

在埃及,相当多的大学生学习商科、法律、政治学等"动嘴"专业,理工农医占比偏小;绝大部分青年学生高中毕业后升入大学,极少选择将来需要"动手"的职业教育。这一局面持续多年,导致埃及本土工程技术人员严重短缺,也使得我国重工业产品来到埃及后,遇到了比前期更为突出的人才短缺困难。

"卖电池的"常郁,来自某电池生产厂家,是该集团副总经理兼海外销售部的负责人。因其产品在欧洲市场享有盛誉,在一次又一次的竞标中不断胜出。最近一次中标,产品投放地不在欧洲本土,而是在埃及。

---

[1] 初稿形成于2015年。

带着王者的荣耀和胜利者的骄傲，2013年，常郁初到埃及。

艺高人胆大。

面对标的额过亿的产品安装调试工作，常郁只从国内带来两位工程师。毕竟，他们公司的产品远销世界各地，高水平的技术服务人员也不充裕。

项目实施的第一步，就是招兵买马。常郁深知这一步的重要性，一开口就豪气冲天，"工资可以高点儿，多给钱，吸引成熟的专业技术人员！"

然而，没过几天，常郁变得更加"常郁"。只不过，以前郁郁葱葱的郁，变成了郁闷的郁。

由于他发布的用工待遇十分优厚，吸引了不少前来应聘的人。眼见自己的好事将成，喜滋滋的常郁亲自担任面试主考官。

"你想做这份工作？"常郁开门见山。

"想！"应聘者相当果决。

"会做吗？"

"会！"

于是，常郁让助手拿出专业软件和产品说明书，要求应聘者现场进行解释。

然而，刚刚还信誓旦旦的应聘者，立时哑口无言……

应聘者如走马灯，换了一个又一个。本来计划招收10~20人，几天面试下来，只留下来了两个。

6 "保电"的兄弟

▲ 自供水电的埃及新行政首都工地　王广滨　供图

常郁的锐气被削掉了一大半，苦笑一下，"没事儿，我上！我也是工程师！"

常郁带到埃及的电池产品，是供给总部设于欧洲的某电信行业巨头，为其在埃及建设的通信基站提供配套服务的。当时，埃及的通信行业还处于2G时代。他们的电池产品，是为新型的3G设备"保电"。

常郁带着他的中埃两国战友，一行五人，沿着开罗—亚历山大—阿拉曼的三角沿线一带，安装调试基站设备。

由于在本地聘不到合适的员工，从国内紧急抽调的人员正在加急办理赴埃签证，人手不足，还要赶工期，怎么办？常郁唯一的选择就是身先士卒，披星戴月。

他们每天从开罗的临时住所出发,到荒无人烟的地中海沿岸沙漠边缘作业,一天只能吃上两顿饭,早上出发前一顿,半夜回来后一顿。

有一次,常郁团队所有人员都在亚历山大一线作战,忙得焦头烂额。

夜已深。

但恰在此时,阿拉曼一带有基站突发事故,他们却分身无术!

怎么办?

怎么办?!

为了第一时间完成基站抢修,常郁想到了另一个"保电"的兄弟。

于是,夜里十一点多,"卖发电机的"老李接到了常郁的电话。

"我有急事,能不能给我往阿拉曼派个人?"在对外场合一向温文尔雅的常郁,面对从事相似工作的老李,此时完全顾不上客气。

此时的老李,刚刚结束一天的忙碌,拖着疲惫的身体回到"家",准备坐下来吃一口刚热过的饭,然后抓紧时间上床睡个囫囵觉。

"很急吗?"老李一边吞下一口饭,一边问。

"急!得赶紧过去!"常郁知道老李在埃及"保电"已

6　"保电"的兄弟

久，比他更有应急处置的能力。

老李二话没说，赶紧叫起另一个刚刚躺下的"保电"兄弟，把才卸下车的工具又搬上车，一踩油门，直奔阿拉曼！

目的地，300多公里。

熬过了最紧张的一段日子，常郁终于有了可以在周末休息一天的时候，他约老李喝酒。

碰了酒杯，两人四目相对，似有万语千言，但却一时说不出口。

▼ 扎根埃及的中资企业　钱志伟　供图

"啥也别说了！我先干杯！"戒酒已久的常郁不但开戒，而且豪放畅饮中更多了一股煞气！

老李看着虽然"折戟"但并没倒下的常郁，眼中含泪哈哈笑，"你这，真不算事儿！想当年[①]，我们的主场在南方沙漠，缺人，少车，搬运设备雇不着工人，气温50多摄氏度……不都挺过来了！"

老李给常郁倒满酒，也给自己满上一杯，一仰脖儿灌了下去。

"那，你们那时候……晚上不能回开罗住吧？"常郁一怔，意思是，还有比我更惨的？

"那可是回不来！只能就近找一个有人的地方，租房子住。两三周才能回开罗一次。"老李轻描淡写，回溯往事。

"南方沙漠里那生活条件……行吗？"常郁满眼同情，忧心忡忡。

"当然不行！我们的工地远离中心城市，没有什么生活设施，到处都是苍蝇、蚊子、蚂蚁、蟑螂、跳蚤……还缺水！"

"那……你们是怎么坚持下来的？"常郁愁容满面。

"就那么坚持呗！我还行，年龄大了，经历的事多，就是苦了年轻人！有个兄弟小于，他现在回国了，那时候常驻

---

① 2008年。

明尼亚。有一天很晚才回到'家'里，就自己一个人，没有吃的，没有喝的，眼前只有空空的墙壁。他在厨房、卫生间转了一圈儿，然后到了阳台上……"

"他不会想不开吧？！"常郁非常揪心。

"有啥想不开的！他只是觉得自己一个人实在没办法了，于是站在阳台上，望着远方的沙漠，'嗷'的一声，学狼叫！"

说到这里，老李起身，做出一个狼叫的姿势，"嗷呜……嗷呜……"

那模样，就像一只离群的孤狼，仰天长啸，发出一声凄厉的呼唤。

此时的常郁，眼圈已经泛红。

他想，当他在深夜旷野中向老李发出紧急求救信号的那一刻，自己不也是一只离群的、无助的、召唤同伴的孤狼？

▲ 修复中的阶梯金字塔　王馨　供图

7　埃及人民期盼尽快通高铁①

　　日前，刚从中国回到埃及的穆罕默德，谈到他第一次访问中国的情形，禁不住满脸兴奋。

　　"老师，中国的高铁，真漂亮！"他伸出自己的大拇指，"我希望埃及也能尽快通高铁！"

　　我笑着随声附和。

　　据我所知，早在2009年，埃及政府已委托一家意大利公司进行过高铁项目的可行性研究。2014年新政府上台后继续推动，规划中的高铁，计划从北部地中海城市亚历山大，直达南部首府阿斯旺。获悉这一消息，我的第一反应是激动，心潮澎湃，但转瞬间就陷入了深深的忧虑。历经几年的动

---

① 2015年10月24日埃及河北同乡会官网首发。

荡，埃及财政捉襟见肘，建设资金怎么解决？

看着眼前穆罕默德渴望的眼神，我以半开玩笑的口吻戳破了现实："修高铁需要很多很多钱，埃及没有那么多钱！……"

"老师！"穆罕默德立即发出急切的呼喊，"我早就研究了！埃及的第一条地铁是法国修的，那时候的埃及比现在更穷。法国人修好地铁以后，先经营了十年、二十年，回收了建设成本，然后就把地铁给了埃及。您想想，如果没有地铁，开罗怎么办？是法国人改变了开罗！中国人应该为埃及修高铁，改变埃及！"

看着他的样子，我明白了他是非常认真地要和我"谈大事"，为此收起了玩笑，打起了精神。

"你觉得修高铁对埃及有什么好处？"我满脸严肃。

"高铁对埃及太重要了！如果有一条高铁从金字塔直通阿斯旺，甚至到达最南端的阿布辛贝神庙，会让埃及的南部和北部①实现真正的统一！如果埃及修了这条高铁，就相当于21世纪的美尼斯法老一样伟大、一样了不起！"

美尼斯，第一位上、下埃及之王，在公元前3100年统一上、下埃及，建立了人类历史上第一个奴隶制国家，不仅改

---

① 在埃及，通常把首都开罗以北的尼罗河三角洲地区称为"下埃及"，开罗以南则称为"上埃及"，二者在自然环境、经济水平、人文与社会生活等方面均存在着明显的差异。其中阿斯旺以南努比亚人生活的地区尤其落后。

7 埃及人民期盼尽快通高铁

写了埃及历史，也开启了人类文明的新纪元。如果不是亲耳听到，我不会相信埃及朋友把修建一条高铁的价值，已经提升到了如此高度！

"老师！"在一旁围观的同学也急着插言，"您知道现在坐火车从开罗到阿斯旺需要多久吗？13个小时！"

"如果高铁开通，就只需要两个多小时，不到三小时！"穆罕默德赶紧补充，"游客到了开罗，看完金字塔再去阿斯旺，当天就可以回来！……不需要那么累！现在游

▶ 穆罕默德乘坐中国高铁　穆罕默德（开心）供图

▲ "拉"之隐喻　李雪妍　供图

客经常嫌去阿斯旺太远、太累，如果有了高铁，不只是对埃及人民有好处，对中国人和所有来埃及的人都有好处！而且，如果有人想去阿斯旺投资建工厂，也会更加方便，阿斯旺地区很快就会富起来！阿斯旺人民也能经常来开罗看一看……"

这一番慷慨激昂的长篇大论，我感觉越听越熟悉，莫非是在论述青藏铁路项目立项的意义？！

而且，我忽然间惊觉，我们正在进行的讨论，居然全程都在说汉语！我非常惊奇，对于汉语水平大概只有三级的穆罕默德，用基本通顺的语句把修建高铁的价值说得这样头头是道，他是怎么做到的？只有一个可能，那就是提前做足了

7　埃及人民期盼尽快通高铁

▲ 中埃联合考古项目组办公室　高伟　供图

功课！这得需要查多少资料，打多少遍草稿！……那么，他的目的仅仅是为了让我认识到在埃及修建高铁的价值吗？好像不是那么简单。

"高铁确实好，但是埃及现在没有那么多钱，中国也还没有那么富裕……"我引导他们继续说下去。

"老师，中国可以，真的没问题！"穆罕默德再次高喊，"我知道中国不仅在帮助埃及，也帮助了很多别的国家，特别是非洲国家。中国很早、很穷的时候就在非洲修了铁路！"

他竟然把坦赞铁路都搬了出来，竭尽所能为自己举证，我竟一时无言以对。

看着他直勾勾地等我表态的样子，我说道："埃及修高铁确实很有必要，但是……我能做什么呢？"

"老师，您让他们修！"穆罕默德情不自禁发出的"号令"，令我哑然失笑。这气魄，是内心的渴望有多么强烈，才会如此迫不及待？或者，在他看来，对于他的中国老师而言，修高铁只是小菜一碟，或者举手之劳？

见我笑而不语，穆罕默德似乎意识到什么，急得直拍脑门，绞尽脑汁寻找合适的措辞："我的意思是，不是让您命令他们修，而是要您告诉他们，修高铁对埃及、对中国有什么好处！"

"我……告诉谁？怎么告诉？"我终于明白了，他是希望我为推动埃及早日进入高铁时代鼓与呼！

这手法，群众路线！

为了实现他的高铁梦，不知他已经发动了多少人？还做了哪些其他努力？想到他在追梦路上正在不停地奔跑，我不禁心里一暖。

"您要写出来，也要去说，让中国人民知道埃及的请求！"穆罕默德毫不犹豫给我的"指导"，让我意识到，其实他早在发起话题的那一刻，已经为我勾勒出了这条向前的路。

"这……可真不是一件容易事！"想到自己刚刚被赋予的历史使命，我脑海里迅速闪现各种可能的工作方案：给国家铁道局写信？联系中铁建公司？要不要先找投资商求证一

7　埃及人民期盼尽快通高铁

个投资方案？……我虽无力，但下定决心，不到埃及高铁开通的那一刻，绝不放弃这份责任！

但是，从何下手呢？

我们的交谈，一时陷入沉默。

"老师，我相信，您也要相信，中国的高铁是最棒的！"穆罕默德打破沉默，"中国跟埃及都要加油，一起发展，一起让世界知道，文明的国家一定要复活！"

说着，他做出一个加油的手势，使他的话显得更加铿锵有力。

我想，因为他，我从此和埃及人民的高铁梦紧紧连在了一起。

▶ 中国疫苗到达开罗国际机场　米春泽　供图

▲ 开罗郊区的罗家菜园 罗嵩 供图

8　拉希德的菜篮子[1]

那一天拉希德陪我外出，办完事往回走的时候已经很晚。路过一个菜市场，他做了个停车的手势，"您能不能稍等我一下？一分钟，我去买点菜。"

少顷，他从菜市场回来，一溜小跑上了车，喘着粗气，抹了一把额头的汗。

我看了一眼他的手提袋，一边是几个土豆、两个茄子，另一边是五个鸡蛋。

这，就是他一家四口第二天的全部蔬菜和副食？

我的心里一阵酸楚。

想当年，其实只不过也就两三年前，拉希德的菜篮子完全不是这个样子！

---

[1] 写于2015年10月26日。

记得有一次，拉希德夫妇与我结伴儿去超市，我只选了一些日用品，然后拿了一盒鸡翅，放进了购物车。我的习惯是肉食和奶类从超市采购，蔬菜水果在居民区里的小菜市场买。之所以不在超市采购蔬菜水果，是因为菜市场的蔬菜水果不但新鲜，拖着泥带着水，一股自家菜园子的气息，而且对我来说还有一个重要因素，那就是便宜。

再看拉希德的购物车，泰国香米、大包装的橄榄油、进口水果、冷鲜奶、鸡胸肉……还有一大堆漂亮的食品盒，里面装满不同品类的净菜！

我有点吃惊，不仅惊异于他对这些价格不菲的食品采购量如此之大，而且还有那么多净菜！

我承认，盒装净菜确实不错，不用择、不用洗、不用切，到家直接下锅。然而，其价格却是毛菜的数倍甚至十多倍，一向勤俭持家的我，有些舍不得。

"你们……买这么多净菜啊？"相识不久，我还不太适应自己的朋友只消费净菜。

"买净菜简单，省很多麻烦！"他随意地回答。听起来只是为了生活品质，钱多钱少没关系，一种日常习惯而已。

当他看向我的购物车时，吃惊地瞪大眼睛："你就买这些？不买蔬菜水果吗？而且……你，为什么要买鸡翅？！"

我简单解释了我喜欢从菜市场买菜的原因，还告诉他们我很少吃肉，但偶尔也吃鸡翅。其实我更想吃的是鸡爪子，只不过超市里不卖鸡爪子。

"No!"此时表示不同意的，不是拉希德，而是他的妻子！只见她伸手取出我购物车里那包鸡翅，毫不犹豫地放回肉食冷藏柜，换回来一包鸡胸肉！

我满脸尴尬，怯怯地问拉希德："这……为什么？"

"在埃及，只有穷人才吃有骨头的东西！"拉希德满脸黑线，"你是有钱人，是教授，怎么可以这样不注意自己的身份？！"

这一回答，让我理解了他只采购精品果蔬的心境，也幡

▶ 开罗郊区的罗家菜园 罗嵩 供图

然醒悟为什么我刚到埃及、第一次进小市场买毛菜时，和周边环境显得那么格格不入。

我，"失"了自己的身份！

其实，他们的想法和做法我完全可以理解，因为亲历了改革开放以来的中国巨变，从儿时的一年到头吃不上肉，到现如今为了保健而少吃或者不吃肉，仿佛只在弹指一挥间。

从此，我再没和拉希德夫妇一起逛过超市。于我而言，菜市场在很大程度上替代了超市。对拉希德夫妇而言，会不会是我作为他们的朋友，在超市里的采购选择让他们"没面子"？不得而知，也无须求证。

然而，究竟从什么时候开始，那么讲究生活品质的拉希德，也像我一样出入小菜市场买毛菜？又是从什么时候开始，他买鸡蛋不买方便携带的30枚一整包，而是只买五个？

眼前的拉希德，相比当年的豪气冲天、意气风发，简直判若两人！

拉希德可能意识到我在端详他的菜篮子，尴尬地冲我笑了笑，"我今天出门没带钱！"

为了配合他掩饰好因物价飞涨而更显囊中羞涩的窘境，我随口说了句："还没有绿叶子菜吗？……唉，这要在北京，品种齐全，什么都有！"

这句话，既是埃及蔬菜供给的现状，也道出了我因吃不到绿叶子蔬菜而倍加思乡之苦。毕竟，在开罗，每年四五月

8 拉希德的菜篮子

到十一二月间,来自撒哈拉沙漠的干热干热的风,配合灼热的阳光,几乎烤焦、风干了全部的草本生命。

"埃及也快有了!"拉希德急切地打断我对北京菜市的描述,"你还不知道吗?有个好消息!前些天,几位农业科学家已经去了锡瓦绿洲,他们要在那里种菜,培育蔬菜新品种,种最好的菜,大量生产,将来不仅供应埃及,而且要出口到世界各地!"

"太好了!……都是埃及科学家吗?"我本能地认为,单靠埃及的农业科学家,在目前的气候和土壤条件下,是很难实现蔬菜规模化生产的。此时,我的脑海里不由自主地闪现出了长期扎根在田间地头的中国蔬菜育种专家团队。

▲ CBD 的菜园　王广滨　供图

"现在去的还都是埃及人。但我知道中国人特别会种菜,希望他们能分享种菜的经验!"拉希德参观过中国人在吉萨地区的沙漠边缘开发出来的新农场,当时就对绿油油的菜园羡慕不已,而他对中国蔬菜的概念也几乎只停留在吉萨那片菜园。我心想,找机会一定要带他到华北平原的蔬菜基地开开眼!

不过,我强按下了心底油然而生的浓烈的思乡情,还是回到了他的话题,"嗯,希望他们一起努力,让我们早一点吃上来自锡瓦绿洲的菜!……可是,埃及能种菜的土地实在是太少了!"

相比锡瓦绿洲带给我们的希望,我想到的是埃及96%的国土是不适合人居的热带沙漠,而只占国土面积4%的尼罗河谷地和三角洲,不得不养活96%的埃及人。小小锡瓦绿洲的那片菜地,对偌大的埃及来说,岂不是杯水车薪!

"不少!而且会越来越多!埃及政府正在修建一条与尼罗河平行的新河谷,大片的南部沙漠和西部沙漠,在不久的将来都有可能变成良田!"他描摹的,是几代埃及人为之奋斗的图什卡工程[①]。虽然他正在展望大漠变绿洲的宏伟蓝图,但声调却逐渐沉了下去。不知是一整天的忙碌令他疲惫,还是对未来的信心不足让他气馁。

---

① 埃及的西部沙漠开发计划。1958年纳赛尔总统率先启动,后搁置;1997年穆巴拉克政府重启,后中断;2014年塞西总统上任后,再次重提该计划。

8　拉希德的菜篮子

现实无法回避。无论理想多么远大，眼前的环境却是如此残酷。据说，刚刚过去的宰牲节，催生了埃及人民一种新的消费方式：买牛羊分期付款。即便如此，还是有很多人家付不起首付而少吃或不吃牛羊肉。同时，也有大量的牛羊因价格高昂而囤在栏里，卖不出去。

这片100多万平方公里的土地，将近1亿的人口，何日才能重振法老埃及的雄风，再现"欧洲粮仓"[①]的辉煌？

我的心情有些沉重。

此时此刻，愈加想念拉希德那个曾经装满净菜和各色美食的菜篮子。

▼ 开罗郊区的罗家菜园　郑茜　供图

[①] 又称"尼罗河粮仓""罗马帝国粮仓"。罗马帝国时期，埃及是当时世界上少数几个适合农耕的地区之一。

开罗街景

9　别样尊宠：埃及驴[①]

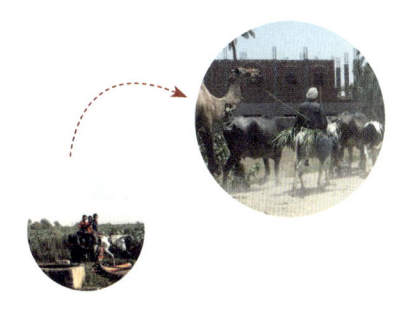

"真主创造驴，是供我们骑乘的！……没有政府许可，杀驴就是犯罪，就要被关进监狱！"

那一天，贝拉勒向我展示一组"毛驴惨遭杀戮，无良屠夫被警察逮捕"的图片新闻，用丰富的语气、表情和手势，展现了他对"屠杀"毛驴的屠夫的愤恨和对警察及时逮捕"坏人"的大力赞同，其中不乏对我的善意提醒和保护，当然，我也听出了震慑。

平日里，贝拉勒一向比较平和，缘何对一条驴子的新闻如此敏感？必须探个究竟！

于是，我利用开斋节假期，跟随贝拉勒来到他在法尤姆

---

① 2016年7月8日今日头条首发。

农村的老家。这次"体验之旅",让我亲见了驴在埃及,尤其是埃及农村的重要作用。

我发现,驴子仍然是埃及农村比较常见的交通运输工具。在村子里几公里长的"主干道"上,基本没有什么机动车,但时不时见到瘦小羸弱的驴子拉着满载的车,运送粮草、肥料和各种杂物。大街上流动的人员并不少,但几乎没有人步行,十有八九都骑着驴!

贝拉勒告诉我,毛驴不仅是交通运输工具,至今仍是耕

▼ 传统与现代　李永力　供图

9 别样尊宠：埃及驴

▲ 毛驴队长

田犁地的主力。

"为什么不用农机？中国的农业机械又好又便宜！"我伺机推销中国农机。

"买不起！"贝拉勒先是夸张地应和我，接着进一步解释，"还有，这里的耕地都是小块儿的，每家每户只有一点点，也放不下大型农机具。"

这时，迎面走来一支"队伍"，主人牵着骆驼拉着牛，但他的坐骑却是队伍里最瘦、最小的驴！这头居中前行的毛驴，看上去简直就是能堪重负、勇担重任、"以德服人"的小队长！贝拉勒告诉我，在传统的埃及农村，衡量财富多寡的标准，主要是看饲养家畜的数量。富裕家庭养着成群的

071

"一带一路"上的埃及故事

▲ 驴子座驾

牛、马、驴和骆驼，但穷人家不管有多穷，都要想方设法先买一头驴。

再往前走，我吓了一跳：一个看上去不过三四岁的孩子，独自骑在驴背上！这……万一掉下来……我顿时惊出了一身冷汗。

我下意识地希望在不远处能看见他的父母，然而，再一眼看到的，却是两个五六岁、七八岁的孩子，共骑一头毛驴，在放牛！

9　别样尊宠：埃及驴

我非常担心孩子们的安全！

我也是在农村出生和长大的，记得小时候，父母总是要求我远离牛马驴骡之类的大牲口。那一年，城市出生的小表妹到我家小住，不知是出于好奇还是淘气，向一匹高头大马靠近，马尥蹶子，刚好踢到了小表妹的脸，现场立时鲜血淋漓……几十年过去了，想起这一场景依然毛骨悚然！

贝拉勒见我"大惊小怪"的样子，笑着安抚我，"您不用担心！他们非常安全，不会有任何问题！"

"好吧，我信了！但是……他们是怎么骑上去的？"

"哈哈，他们是毛驴的小主人，毛驴和他们一起长大，他们有自己的办法！"

在返回开罗的路上，贝拉勒对我进一步展开"爱毛驴"教育。

他告诉我，埃及人民和驴的友谊已经有几千年的历史，代代相传，驴甚至被视为"神灵的使者"。在一次考古活动中，一名考古工地的警卫骑着毛驴往家走，突然，毛驴失蹄，陷进沙子里不可自拔。毛驴蹄下是一个在岩石中开凿出的深坑，正是考古学家们找了很久都没找到的古墓入口，由此缔造了"驴失前蹄"踏出"黄金木乃伊谷"[①]的佳话。

[①] 黄金木乃伊谷于1996年被偶然发现，里面埋藏着1000多具木乃伊，成为埃及考古史上与发现图坦卡蒙法老墓齐名的最大的发现。

"一带一路"上的埃及故事

贝拉勒还介绍，正是由于驴在埃及人民生活中的特殊地位，埃及成立了一个"毛驴协会"。

我禁不住又觉奇怪：中国的"驴业协会"致力于开发毛驴产业，既然埃及人民视驴为尊宠，那这个"毛驴协会"有什么功能呢？

贝拉勒微微一笑："毛驴协会"成立于二十世纪二三十年代，其成员是一些著名的文学家、艺术家，该协会呼吁埃

▲ 教中国朋友骑驴

9　别样尊宠：埃及驴

及人民用毛驴的忍耐、坚韧精神与当时的英国殖民者作斗争，争取民族独立。

这一说，令我心生崇敬！

但是，生老病死是自然规律，埃及毛驴也终有一死，老死的驴怎么处置？总不能也做成木乃伊吧？我鼓足勇气，斗胆发问："贝拉勒，毛驴总是要死的，它死了以后怎么办？"

"把它送到沙漠里，有别的动物会把它的尸体吃掉。这是它最后的贡献，也是最终的归宿。"贝拉勒平静地做出回答，但眼神中透出对可能死去的驴子的不舍。

看着他深思的模样，我的内心升起无限感触。于我而言，"驴的全身都是宝"；而我的埃及朋友，却视驴为尊崇。这是多么巨大的文化差异！

要想读懂埃及，不容易！

▲ 诞生礼上的茹卡雅和爸爸妈妈　密尔法特　供图

10　茹卡雅的诞生礼[①]

当侯塞姆太太邀请我参加一个月后即将举行的茹卡雅一周岁生日聚会的时候,我才意识到时间过得如此之快,眨眼间,茹卡雅的诞生礼已经过去将近一年了。岁月往往使人遗忘,但茹卡雅的诞生礼却在我的记忆深处沉淀下来,留下了最精美、最扣人心弦的瞬间。

埃及人民非常看重礼节和仪式,在重要的仪式举行之前很长一段时间,就会多次邀约客人,而且每次邀约都是郑重其事。他们的解释是,"这件事情对我来说太重要了,而你是我最好的朋友,是我最尊贵的客人,怎么能不早一些通知你呢?"就这样,在茹卡雅出生前大概半个月,她的奶奶侯塞姆太太就向我报喜,"我的第一个孙子或者孙女很快就要

[①] 2016年7月25日今日头条首发。

出生了，到时候您一定要参加他（她）的诞生礼啊！"

当这种邀约差不多三五次的时候，有一天，侯塞姆太太以更兴奋、更欣喜的口气告诉我："我儿媳妇已经去了医院，可能今天或者明天我就要当奶奶了！我太高兴了！你等我通知，可能明天或者后天，我们就要举行这个聚会了！"正在我目瞪口呆、怀疑自己是否听错了聚会时间的时候，她补充道："我们不能马上举行这个聚会。她刚刚生完孩子，可能会有点累，要让她休息一天！"闻听此言，我彻底呆住了：儿媳妇生完孩子，家族举行重大庆祝仪式，为表达对新生儿妈妈的关心，让她休息……一天！一天！

我虽然打心眼里心疼这位即将晋升为母亲的初产妇，但又觉得应该放宽心态：毕竟，埃及朋友不像我们一样"坐月子"，这种传统已经延续几千年，应该不会伤及产妇身体。那么，就让这个期待已久的聚会快点来吧！

然而，当侯塞姆太太向我报告她当了奶奶、有了一个孙女的时候，前半程的报喜是欢悦，后半程则带有明显的失意："为什么现在的年轻人都喜欢把肚子打开、把孩子取出来呢？茹卡雅妈妈的肚子开了这么大一个口子。"她用右手从自己左腰慢慢划过腹部并几乎划到了右腰，"她现在很疼，不能下床，我们的聚会可能要晚几天了。"我虽因不能立即体验埃及娃娃的诞生礼而有点小失落，但理智告诉我：必须让她好好休养！我估计，这个期盼多时、设计已久的仪式，可能至少要推迟半月二十天了。等等吧！

然而，事情的进展再次出乎我的预料。大概三天后，侯塞姆太太再次邀约，"这个周末，我们举行仪式，你一定要来啊！"

"这才几天啊！孩子的妈妈受得了么？在中国，产妇剖宫产出院一般要七八天以后呢！"我的心再次揪了起来，禁不住高声发问！

"她昨天已经下床走路了，她说这个时间没问题，她能行！"侯塞姆太太言语间充满自豪与期许，但也掩盖不住对儿媳妇身体状况的担忧。

"不能再晚几天吗？"

"我们一般都是在孩子出生的第二天就举行这个仪式，

▶ 茹卡雅在长大　密尔法特　供图

现在已经晚了很多天了！"

就这样，在茹卡雅出生第七天的时候，我们迎来了她的诞生礼。她和妈妈虽然与全家人一样都身着盛装，但却令我隐隐不安：年轻的妈妈面色苍白，喜悦的脸庞难掩倦容，右手一直托抚着因孕产而臃肿、下垂的小腹。偶尔痛苦地咬一下牙，说明她并非伤口不疼痛。我的心简直悬了起来：她的伤口会不会因剧烈舞动而裂开？刚刚降生的茹卡雅，会不会被震耳欲聋的阿拉伯音乐所惊吓？但接下来的一系列环节，证明我的担心完全是多余的！

仪式的起点："唤醒"

熟睡的茹卡雅在粉红色婴儿车中被推到舞台中央，音乐声音调低，灯光调暗，来宾每人手持一支点燃的蜡烛，围着婴儿车转圈，高声连唱"噜噜噜噜噜噜"，脚下的步子越来越快。我试图保持一样的旋律和节奏，但屡试屡败后只能退出"合奏"，微笑着随着人流转圈圈。

不知转了多久，一位长者，据说是茹卡雅的姥姥，伸手接过从人墙中传出来的一套金属器具，看样子是古董级的铜器，一钵一杵，用杵快速击打钵盂，发出尖锐、清脆、迅疾的金属声，一溜小跑围着婴儿车转圈。

转了一阵子，她停下脚步，俯身，以更为迅猛的节奏，在茹卡雅的耳边继续击打钵盂。即便这样，茹卡雅依然熟睡。

10　茹卡雅的诞生礼

　　一直在离婴儿车最近的地方与我们一起舞动、声音不知要高出我多少倍的年轻妈妈，在与侯塞姆太太和作为"主唤"的母亲商量后，把茹卡雅从婴儿车中抱起，揽在怀里剧烈起伏晃悠，"主唤"依然快速在孩子耳边敲击钵盂，年轻的妈妈则同时边悠边拍孩子的屁股……就这样，几番折腾，茹卡雅的眼皮终于翻了一下。瞬间，仅仅在一瞬间，尖厉、婉转、也许只有阿拉伯女子才能打出的狂欢口哨群起，庆祝茹卡雅被成功"唤醒"！

　　据说，这意味着，茹卡雅从此将摆脱混沌，走出懵懂，开启智慧。

仪式的核心："启蒙"

　　口哨庆贺是短暂的。哨音很快消失，说明更重要的内容即将开始。

　　果然，曾经作为"主唤"的姥姥弯下腰，振振有词，喋喋不休。此时，钵盂和杵的击打方式好像也有了变化。"唤醒"阶段是敲打钵盂的外面，现在敲打的是钵盂的边沿和里面。

　　我问身边的朋友，姥姥在说什么？朋友说，没有什么，就是教给她一些做人的道理，比如要善良，要有好心，要勤奋劳动，要懂礼貌，长大要孝敬父母，听爸爸妈妈的话，听长辈的话，等等。

　　在唯物主义者看来，这样的教育未免太早了，也是无效的。但试想，从客观效果上看，与其说是为了教育刚刚降生的婴儿，又何尝不是为了道德的传承和民族文化的世代沿袭？这种"启蒙"教育，对参与仪式的大人们的教育影响要远大于最初的为仪式本身设定的教育目标。

"这个社会很复杂。一个人只有在刚出生的时候才是纯洁的。刚出生的婴儿被唤醒，我们告诉她什么，她就会记住什么。所以，要把正确的道理，把所有我们的希望和要求，在她被唤醒的时候全部讲一遍！"对此，朋友做出解释。

此时，年轻的妈妈已经把孩子放回车中，钵盂和杵也已经分别传过姥姥、奶奶之手，交到了妈妈手里。妈妈的启蒙教育，很显然要比姥姥和奶奶严厉得多！如果说姥姥和奶奶的教育是和风细雨，妈妈的说教简直就是疾风暴雨。我估计，这可能是因为妈妈要在茹卡雅的成长过程中承担更多、更重要、更为实质性的责任。现在抓紧"灌输"，是为将来减压！

此时，正在就读大学一年级的茹卡雅的姑姑沉不住气了，出手抢夺茹卡雅妈妈手里的钵盂和杵，估计是对嫂子这般严厉的"批评"看不下去了？姑姑轻轻敲打着钵盂，细声细语、绘声绘色地进行说教，教育内容惹得周边人们禁不住笑出了声。据说，姑姑要求茹卡雅长大一定要温柔贤淑，这样才能嫁个好丈夫！

正当我沉浸其中的时候，万万没想到，钵盂和杵居然传给了我！我一时不知所措，不敢相信眼前的事实：如此重要的人生仪式，这么重大的教育契机，居然把话语权交给我一个"老外"？我当机立断谢绝主人的好意，然而，抬眼看已是大势所趋：几乎全场的目光都集中在我身上，充满鼓励和期待。

"怎么敲？"手忙脚乱的我慌忙向身边的朋友请教。

"就这样敲，一边敲一边说！"朋友把着我的手救急、传艺。

"说什么？"我哆哆嗦嗦地轻敲着钵盂。

"随便说！大点儿声！"朋友鼓励。

▶ 茹卡雅在长大　密尔法特　供图

"茹卡雅，你要好好长大，长大听爸爸妈妈的话，听爷爷奶奶、姥姥姥爷的话……"我怯怯地念叨，希望自己的启蒙教育和刚刚主人进行的教育保持一致。

"还要听王老师的话！"朋友很着急的样子，以替我发出训令的方式表达急切的心情！

闻听此言，我备受鼓舞！既然连"听王老师的话"都可以在这重要的时刻大声说出来，那为何不多讲讲？于是，我改说最便于我传情达意的母语："茹卡雅，你要听话！要听我的话！我是王老师，中国老师！你要好好学习！要学好汉语！要多长本事！要热爱中国！要多交中国朋友！……"

懂汉语的埃及朋友此时已经哈哈大笑，满意地拍拍我的胳膊："王老师，王老师，茹卡雅已经记住你的话了，放心吧！将来她一定会成为埃及和中国的友好使者！"

我见好就收，把钵盂和杵传了出去。

仪式的高潮：狂欢

当钵盂和杵被拿出人群，阿拉伯音乐再度被调成最强音的时候，我知道茹卡雅诞生礼的狂欢开始了。据说，这种狂欢通常要持续到凌晨两三点钟。

此时，婴儿车已被搬下舞台，我被裹挟着卷入狂欢的人群，并被围在舞台中央。为避免抢了主人的风头，我寻机离场，坐到一位因腿脚不便而独坐台下的老年女性身边。侯

10　茹卡雅的诞生礼

塞姆太太跟过来，介绍我们认识，原来这是她的妈妈。我俯身再次致礼，老妈妈一把抱住我，除了埃及朋友常见的贴面礼之外，居然重重地亲了一下我的额头！我受宠若惊，因为这是埃及朋友的大礼，我承受不起！侯塞姆太太微笑着安慰我："不要紧张，我妈妈爱你，我们都爱你！"

我落座以后，老妈妈始终微笑着看着我，就像欣赏自己心爱的女儿一样。

侯塞姆太太介绍，她爸爸因身体不好，未能出席重孙女的诞生礼。据说，老人家是埃及最早的战斗机飞行员，官至空军少将。"爸爸说，在我的诞生礼的时候，他就要求我长大要学习中文，就像你今天要求茹卡雅一样。很早以前，他就认为埃及和中国一定会有广阔的合作前景，学习中文一定会有好的前程！如果我爸爸见到你，知道你是我们的好朋友，不定多高兴呢！"

我深深陶醉于埃及人民对我、对中国人民的真挚情谊和亲近热爱中。我想，60年前，埃及之所以能成为第一个和新中国建交的非洲国家，一定有其深厚的历史渊源，也一定孕育出了一批像茹卡雅一家一样，祖孙四代都与中国人民相识相知相亲相爱的好朋友，并将继续谱写两国人民世代友好的宏伟壮歌。

茹卡雅，我爱你，希望你永远不要忘记"启蒙"之际奶奶和王老师对你的期冀！

▲ 唐山南湖《那年芳华》实景剧基地　王辰悦　供图

11　我的地震：少年不知愁滋味[①]

1976年7月28日，唐山大地震，时年我六岁。

不知是天生愚钝还是后天"晚熟"，震灾中的我，真的是"少年不知愁滋味"！

"房子要塌？让我搬家！"

回想地震发生的那一刻，时年60多岁、体弱多病的奶奶拼死往外搬我，40年后的今天，我再次满眼泪水。远在天堂的奶奶，您还好吗？

我并不记得地震来袭之时的天崩地裂、地动山摇，只记得饱读诗书、一向沉稳、从来都是慢条斯理的"地主家大小

[①] 2016年7月28日，追忆唐山大地震40周年。

姐"——我的奶奶，发出震天嚎叫："地震了！地震了！快醒醒！快跑！房子要塌！……"

半梦半醒间，我已被奶奶挟在胳肢窝里，快要拖下土炕。

我想，既然房子要塌，奶奶为什么要先搬我？傻不傻？不应该赶紧搬家么？一着急，我一下子醒了：快搬家！

我一把抱起奶奶的枕头，奶奶则拼全力地挟着我。

不知是地在晃，还是奶奶挟持着我站不稳，我们跌跌撞撞、连滚带爬；羸弱的、病怏怏的小脚奶奶，不知哪儿来的那么大力气，终于把我和那个大枕头一起拖到了院子里。

话说，中国农村传统的大枕头，您知道它有多重？里面装满秕谷或者荞麦皮，圆滚滚，有七八十厘米长。时年，我刚刚能抱动那个大枕头，每天铺床时从被垛上往下搬，并不是一件容易事！

那天夜里，父亲不在家，他赶着马车去县城交公粮未归，母亲独自带着分别为四岁和两岁的弟弟们睡在另一间屋子里。三十出头、没读过书的母亲，显然不如奶奶见多识广、机智果敢。直到奶奶费尽力气把我拖出屋，"快跑，快跑"喊不停，甚至嗓子都已经快要嚎干了，母亲还仍然抱着两个弟弟在炕上发呆。

后来，据母亲介绍，她一直搂着吓得大哭的两个弟弟，反复重复："别怕，别怕，妈抱着！"

奶奶说，母亲已经吓傻了。多亏房子没塌，要是塌了，

11　我的地震：少年不知愁滋味

"谁也跑不了！"此时，奶奶已经哽噎，老泪横流！

震后的一段日子里，奶奶说得最多的一句话就是："你爷爷多有福啊，没赶上地震！"我一直觉得这话怪怪的，怎么早死还算有福？我想，可能这就是少年不知愁滋味吧。暂不说震后的流离失所、缺吃少穿，单就奶奶在大震之时遭遇的无助和惊吓，那该是一种怎样的痛苦！

"地缝里有什么？"

大震方停，细雨极力压制着暴起的尘土和暑热、地热，还隐隐夹带着血腥味儿。刚把两个弟弟带到院子里的母亲，迫不及待地盘点损失。羊圈塌了，猪圈塌了，穷怕了的母亲泪流满面。而我，此时更关心的是，为什么整个村子都弥漫着嚎啕大哭的声音。关键时刻，还是学识渊博的奶奶迅速主导了局面："赶紧走，管不了别的了！快到沙坨上去！要发水了！"

此时，正在村子里奔走了解情况的"大队长"也匆匆赶来："死人了吗？"

"没有。"奶奶回答。

"他爸爸呢？"大队长扫视一下，寻找关键人物。

"去交粮还没回来。"奶奶边答边问："路上不会有事吧？"

"有事没事也管不了了！你们赶紧去沙坨上躲一躲！"

"一带一路"上的埃及故事

大队长边说边走，一溜小跑去往下一家。

这时，天已蒙蒙亮，村口集中起了一群妇女和儿童，心有不甘的一步一回首，告别家园，往沙坨方向走。

"奶奶，那是啥呀？"我拽着紧紧拉着我的手的奶奶，朝路中间的地缝靠近。

"不能去！掉地缝里就出不来了！"奶奶大惊失色，使劲拉住我的手。

"地缝有多深？"我禁不住好奇。

"很深！"奶奶毫不犹豫地说。

"地缝里有什么？"我穷追不舍。

"啥也没有！"奶奶看着不远处汩汩翻涌的"泉眼"，

▼震后新唐山　张艳萍　供图　　▼1978年的唐山震中已是现代化宜居新城　刘建雪　供

11 我的地震：少年不知愁滋味

再也不愿回答我的问题，"快走！"

现在想，奶奶一定是担心彻夜未归的儿子，黑漆漆的乡间路，会不会悄无声息地吞噬掉一辆独行的马车？

而我，真的是少年不知愁滋味！此时此刻，我仍然在想，父亲在交公粮以后有了钱，会不会给我买一本"小人书"？

谢天谢地，天亮后，父亲终于在沙坨上找到了我们。他说，他在半路遭遇了地震，刚刚走到桥头，眼前的大桥就塌了。他赶紧解开马，扔掉车，骑马赶回了家。

我记得，自己当时稍有失落，父亲并没有给我小人书，到现在我也不知道他是没有买还是放在了丢弃的马车上。父亲并不多说，和我们打个招呼，就满身泥水地赶回村子，加入了自救的队伍。

白面饼"敞开吃"

小时候，我对挨饿并没有概念，但对"馋"的印象很深刻。

无论家里有多穷，父亲总是用麦子或者玉米换来一点大米，母亲在贴玉米面饼子的时候，时不时地用搪瓷茶缸蒸一点白米饭，专门给奶奶吃。为此，我没少听母亲在父亲面前叨叨，嫌奶奶"费"粮食，

"一带一路"上的埃及故事

▲ 唐山组图　崔德春　供图

11 我的地震：少年不知愁滋味

也"馋着孩子"。父亲的解释是，奶奶出身于书香门第，从小"吃好的惯了"，岁数大了"更不能受苦"！

多年来，我一直极力搜索震前记忆，似乎只有一个镜头，那就是，炕上摆上红漆的四方饭桌，奶奶端坐中央，母亲双手把一茶缸白米饭递到奶奶面前，而我们面前则是玉米面饼子。此时，奶奶通常是给小弟舀一汤匙米饭，放他碗里，小弟兑上水，一勺米饭可以吃饱；大弟偶尔分一点，但比小弟的少，如果分不到，看着口水直流、眼珠已经掉到奶奶搪瓷缸里的大弟，母亲会拍他一下，递给他一块玉米饼子，悄悄要求大弟"不馋，不馋！快吃"！而我，印象里只有一两次得到过奶奶的一匙白米饭。所以，我至今保留一个习惯：白米饭兑水吃。虽然丈夫对此深表不满，说我"生活方式落后"，但他哪里知道，这种吃法承载着我多少儿时的回忆！

日上三竿，沙坨上的人们饿了。大人们凑在一起商量后决定：回家，吃饭！一家一户纷纷扶老携幼，往村子里集中。母亲不顾奶奶的劝阻，进入危房，往外捡拾"贵重"物品。把被褥、衣服等生活物品搬出以后，开始在摇摇欲坠的堂屋里为我们做饭。奶奶大声嘱咐，"你小心点儿，要是一地震，你立刻往外跑啊！"母亲嘴上答应、手上不停，一会儿工夫，端出来一大摞白面饼！

看着两面焦黄的、油油的白面饼，我不敢下手，因为，

093

以前，这样的美食从来都不是属于我的。我看一眼奶奶，再看一眼母亲，此时，小弟已经禁不住诱惑伸出了手。母亲依次递给小弟、大弟、奶奶和我，眼睛直勾勾看着我们大口大口吃，嘴里念念有词："吃吧，吃吧，敞开吃！"

"为啥可以敞开吃？"我多嘴。

"都要死了，还不赶紧吃！"母亲的回答非常痛快。

我想，先不管啥时候死，这么好吃的白面饼可以"敞开吃"，先要吃个够！已经记不得当时我吃了多少，但那滋味、那感觉，这辈子不会忘！

接下来的几天，我们陆续吃掉了家里攒了多日的几个鸡蛋，吃掉了所有的白米，油瓶子也少了大半瓶。而此时，我们还活着，母亲好像醒悟过来，"敞开吃"的日子迅速结束了。

空投救灾物资

我今生第一次见到飞机，是在家里刚刚搭起抗震棚的时候。

震后第二天的中午时分，只听头顶上嗡嗡作响，大人和孩子纷纷往村外跑，"飞机来了，飞机来了！毛主席派来看咱们的！"

我一溜小跑跟着人们往村外涌，但在村口，被"大队长"安排的人挡住了去路："都回去，都回去，不许往外跑！不许抢！都有！"

那时候，"大队长"在村子里的权威是至高无上的，躁

11 我的地震：少年不知愁滋味

动的人群安静下来，眼见着飞机在头上盘旋，一些大伞从天上慢悠悠落下，据说，那是国家给我们的救灾物资。

父亲作为我家的代表兴冲冲地去领救灾物资，但回来的时候却耷拉着脑袋。

"领了啥呀？"母亲追问。

"没领啥！"父亲如霜打了的茄子，同时递给母亲几个粗瓷大碗。

"就这些？"很显然母亲相当失落。

"嗯。大队说，按受灾程度发东西。说咱家房子没塌，也有粮食，还能吃烙饼，不算重灾户。"父亲解释，唯恐母亲怪罪他拿不回来毛主席给送来的东西。

"唉！"母亲长叹一口气。

我想，母亲之所以叹气沉默，一是伤心满心期待的救济品没有了，二是庆幸我们全家平安。还有一种可能，一向勤俭的她，曾肆意把白面饼对我们敞开供应，而现在又回到了不得不想方设法为全家找食吃的日子，不定多后悔呢！

长大后，我曾问母亲，是不是后悔地震的时候白面饼给我们吃多了，母亲并不承认，"那时候是真觉着要死了，不吃白不吃，还省着干啥啊！"

写完初稿之际，正是开罗时间2016年7月27日21时42分，北京时间2016年7月28日凌晨3时42分。40年前的这一

"一带一路"上的埃及故事

刻,我的家乡,中国河北省唐山市,地动山摇,房倒屋塌,24万人的生命毁于一旦。

40年后,一座现代化的新城屹立于中国北方,蒸蒸日上。

唐山的新生,也是新中国的新生。

▼远方的家——唐山绿道　谢爱芹　供图

11　我的地震：少年不知愁滋味

远在开罗，遥祭40年前逝去的生灵。

祝福祖国繁荣昌盛！

祈愿家乡父老幸福，安康！

▲ "我的"草莓公主咪咪　贝晞的父亲　供图

12　"走失"的咪咪在哪里？喵星人的天堂——埃及[①]

咪咪的主人是随父母客居开罗的小姑娘贝晞，现年四岁半。贝晞对咪咪一直自称"姐姐"，也将咪咪视为最好的玩伴。

当贝晞的妈妈再次怀孕、全家大喜、准备迎接二宝的时候，家中隐隐升起一片愁云：咪咪怎么办？毕竟，喵星人和孕妇不宜生活在一起。

就这样，几经遴选，我成为贝晞信任的饲养员。那一天，贝晞和她的父亲一起，开着白色的、宽敞明亮的SUV车，拉着咪咪和它的猫窝、猫粮、猫砂、猫洗发水、猫浴

---

① 2016年7月30日埃及河北同乡会官网首发。

"一带一路"上的埃及故事

▲ 爱猫的邻居

液、猫浴巾、猫药、猫碟、猫碗、猫厕所……来到我家，择吉屋安顿后，双手捧给我咪咪的"身份证"：上面有咪咪的出生证明、防疫证明、防疫计划以及下次会见猫医的内容和时间。这阵势，不逊于皇室嫁女！

贝睎恋恋不舍，在指导我饲养要领后再次强调："别忘了，它叫草莓公主，小名叫咪咪！"

在咪咪"驾临"寒舍的最初几日，我一直紧盯着它，唯恐稍有闪失让它吃了我家体型硕大的汪星人的亏。直到有一天，两"军"对峙，汪星人在门外，咪咪在门内，门缝只容得下一只猫爪或狗爪进出的时候，咪咪迅速出爪，挠了汪星人一鼻子。汪星人"嗷"地一声退出数米，疼得直转圈儿，

12 "走失"的咪咪在哪里？喵星人的天堂——埃及

我这才放下心来：貌似凶猛的汪星人，其实是纸老虎。咪咪牙尖爪利行动迅捷，爬树、上房、钻缝样样精通，轻易不会吃亏！随它去吧！

就这样，咪咪在我家住了下来。

初次体验养猫乐趣的我，不知不觉似乎忘了咪咪是只客猫，内心慢慢地把它变成了"我的"。当贝晞随父母前来探望咪咪的时候，我深深体会到了什么是"不舍"。

"咪咪，咪咪，你还记得姐姐吗？"咪咪和贝晞一起长大，贝晞爱咪咪之心可鉴日月！一进门就迫不及待招呼咪咪。

"你过来，姐姐给你好吃的！你先喝点水！"这般小大人儿的口气，这般温馨的画面，简直暖化我心！

看着她俩幸福的样子，我有点心痛："我的"咪咪原本就不是属于我的。贝晞和它如此亲密，怎可人为分离！

我想，为了迎接即将到来的小弟弟或者小妹妹，贝晞是做出了牺牲的。

好在，怀胎需要十月，依贝晞妈妈的情况，能接咪咪回家至少还要一年以上。我要好好享受和咪咪在一起的日子！

咪咪的习惯是在我早上起床后随我一起下楼，到院子里伸个懒腰，呼吸一下新鲜空气，然后吃点新鲜的草叶，在外玩一会儿。当我招呼它回家的时候，通常不需费多大气力，就能让它乖乖进屋，然后懒懒地窝在沙发或者地毯上睡一觉。可是，这样的日子未能持续多久，咪咪不见了！

那一天，我如往常一样把它放出去。在该回来的时候，我千呼万唤，咪咪就是不出现。这可把我急坏了！

全家齐动员！围着院墙，"咪咪！咪咪！咪咪！"千呼万唤。空旷地带没有，树上没有，屋顶没有，车下没有，就连车底盘也被彻查。未果之后，我决定加大搜寻力度，请求支援。

作为在异国他乡客居的"老外"，我一般不给物业管理人员和保安添麻烦。当保安队长听说我的猫丢了，不知是惯例还是对我特殊关照，抑或因为我找寻的是对于埃及人民来说堪称"国宠"的"神猫"，他火速电话召集队伍，一会儿工夫就来了三辆摩托车、四五个队员。队长先是把咪咪的照片分发给队员，在三辆摩托车分别领受任务、朝三个方向慢慢驶离后，他由近及远、挨家挨户把咪咪的照片展示给平常和我只有"点头之交"的邻居们。看着我焦急的样子，他还忘不了微笑着劝我："别着急，别着急，会回来的！"

参与寻找咪咪的，还有我的另外几个埃及朋友。即便如此，即使我每天无数次"咪咪，咪咪"深情呼唤，时隔大半月，咪咪还是没有任何音讯。

当朋友一大早来电说要给我一个惊喜的时候，我本能地以为她可能会把咪咪给我带回来。然而，打开猫笼，窜出的却是一只体型漂亮的波斯猫！

论名贵，咪咪可能稍逊一筹；但不知为什么，新来的波

12 "走失"的咪咪在哪里？喵星人的天堂——埃及

◀ 守护红海的埃及猫

◀ 傲娇的埃及猫
王馨　供图

▲ 威风凛凛的埃及猫　王馨　供图

斯猫远不如咪咪从容，乌亮亮的眼睛透着胆怯，似乎惊魂未定。

"它以前的主人是谁？"我从心底心疼这只"弃猫"。

"不知道。"朋友头摇得像拨浪鼓。

"你从哪里得到它的？"我很奇怪，朋友带给我品种名贵、外形漂亮的猫咪，却不认识它的主人！

"我从宠物店买的！"朋友一笑，面色尴尬。我想，如果不是我穷追不舍，她不会主动承认为了安抚或者取悦我，专门去宠物店买了这只猫。

我心里咯噔一下：哪个宠物店会把猫养到这么大才卖？难道……刻不容缓，我立即追问："我的猫会不会也被人抱

12 "走失"的咪咪在哪里？喵星人的天堂——埃及

到宠物店卖了？"

"很有可能！"朋友毫不犹豫地给予肯定，"有一次，我的猫丢了，就是在宠物店找到的！"

据她介绍，在她丢猫之后，满世界寻觅，最终在宠物店"巧遇"。当时店主坚持说猫是店里养的。于是，朋友找来一群人围观、评判。

"你的猫有什么特征？"朋友问。

"我的猫就这样子，在你眼前，就是你看见的。"店主狡辩。

"我的猫的脚趾甲不一样，我刚刚剪的！"朋友信心十足。

"我也刚刚给它剪了脚趾甲。"店主紧跟。

"你剪了几个？"朋友步步紧逼。

"……全剪了！"店主略一迟疑，不知如何作答，只好给出一个最常见的答案。

"你撒谎！不信你检查，我只给它剪了一只！"朋友发出致命一击！

就这样，在大家的见证下，朋友拿回了她的猫，而店主也只是耸耸肩，一笑了事，丝毫没有羞愧或者知耻的样子。

事实上，有的人在做出违背道德甚至法律的事的时候，往往通过祈祷来求得内心的平静。不知这位店主心理是否足够强大，是否需要祈祷才能实现内心的平衡？

正值我沉浸在咪咪可能已遭盗卖的痛苦的想象中的时候，朋友补充道："大猫也不全是偷的，也可能是主人卖给

105

宠物店的，他们用大猫换小猫。"接下来，她莞尔一笑，指着怯怯地躲在角落里的波斯猫说："它的品种很纯，店主说，下次有猫姑娘需要结婚的时候，他们会给我打电话，让咱们的猫多娶几个新娘，猫新娘的主人还会给我们报酬呢！"

"它叫什么？"我回过神来，到现在才发现，我还不知道这个可能会通过娶亲为我赚钱的猫先生的名字。

"莫西莫西。"朋友说出了宠物店主告诉她的猫先生的名字。

"什么意思？"我问。

"我给你看！"她拿起手机，上网搜索。因我俩都用非母语交流，在语言难以传情达意的时候，往往借助图片。当她的手机伸到我面前，我看到的图片，简直让我不敢相信，是一只……杏子！

▼ 开罗午后　王馨　供图

12 "走失"的咪咪在哪里？喵星人的天堂——埃及

莫西莫西，这个阿拉伯语名字我难以适应；杏子，这名字适合一个成年男猫？杏儿，幸儿……我想，能否在尊重其出身的基础上，取其汉语意思的谐音，给予它更多祝福，叫他"幸儿"？或者，可以继续叫它"咪咪"？

见"杏子"思"草莓"。真心希望咪咪已经有了另一个幸福的家。我也将视杏子为王子，盼它及早适应我家，这个对于它来说还完全陌生的环境。

我想，在这样一个以猫为国宠、视猫为神灵[①]的国度，咪咪是不会挨饿、不会遭虐的。

"走失"的咪咪在哪里？

它在喵星人的天堂——埃及。

[①] 在古埃及早期神话中，猫神贝斯特是太阳神的女儿，后来演变为家庭守护神。

▲ 新首都落日　王广滨　供图

13 "你要告诉中国朋友一个好的埃及!"
——沙漠变新城①

今天的故事,缘出我的朋友胡达。

那天,胡达郑重其事地要求我:"你要告诉中国朋友一个好的埃及!"

看着满脸严肃的胡达,我有点不安。常言道,"言多易失"。我是不是由于讲述埃及故事哪里得罪她了?

果然,胡达指着法尤姆农村街景图片,对我兴师问罪:"这样的地方,如果不是我们带你去,你会去吗?别的中国人会去吗?你向中国人民介绍埃及,非常好。但是,你为什么要介绍这些他们根本不去的地方?……"

---

① 2016年8月1日埃及河北同乡会官网首发。

"一带一路"上的埃及故事

我一怔：果然，"好面子"的埃及人民觉得我"揭短"，不满意了！

"胡达，我见到的是不是埃及？那是埃及的一部分！在中国，甚至有比这里还穷的地方，我们不能不说！不说就等于不存在吗？"我辩解，但其实内心很忐，唯恐由于这件事影响了我们的友情，让我失去这个朋友，甚至由此失去更多的埃及朋友。

胡达越来越激动！"这样的地方，我也是第一次去，以前我从来没有去过！你要知道，在埃及，有20%～30%的人非常富，比你还要富；有超过50%的人生活一般，像我一样；只有不到20%的人才生活在那么贫困的地方！"看起来，她是决心要教育我一番了。

"不说就等于不存在？看到他们穷，我很想帮他们！我

▲ 老开罗　王广滨　供图

13 "你要告诉中国朋友一个好的埃及！"

▲ 阿拉曼新城正在沙漠中崛起　李朝晖　供图

想让更多的中国人帮他们！"我毫不示弱，毕竟，我坚信自己介绍埃及的不足也好、成就也好，都是善意的，满腔热忱！

"……"胡达自觉理亏，话题一转，"即便如此，我还是希望你多介绍埃及好的东西，让更多的中国朋友愿意来埃及看看！"

"我一直在这样做！"我据理力争。

"其实，这些人完全可以搬出来。在那里的农村，一个村子生活几万、十几万人，根本不可能在原地脱贫。埃及有大片的沙漠，他们可以搬出来，重建一个家。"胡达对我循循善诱。

事实上，我也知道近些年埃及沙漠治理力度非常大，眼见着沙漠中不断崛起新居、连成新城。

胡达向我介绍了近年来埃及新兴的几个卫星城，让我介

111

绍给中国朋友。

萨达特城现在已经成为闹市和著名商业区。1979年前，这里是沙漠。

十月六日城是开罗的卫星城，有著名的十月六日城工业区，也是埃及的高教区之一。埃及最早的私立大学和大部分私立大学目前集中在这里。1979年以前，这里是沙漠。

十年前，胡达和她的家人从解放广场周围迁居到十月六日城，居住条件大大改善。

巴达尔城是一个新兴的工业城市，有129家工厂和3所大学。1982年前，这里是沙漠。

胡达说，这样的案例还有很多，"难道你不知道我们的新首都搬迁计划吗？"

▲ 萨达特城街景　李俊　供图　▲ 夕阳下的十月六日城

13 "你要告诉中国朋友一个好的埃及！"

▲ 巴达尔城街景　李朝晖　供图

我当然知道。事实上，埃及开罗近年来人口已经膨胀了无数倍，大都市病不是一般严重！为此，埃及政府2015年3月公布了一个宏伟的规划项目，计划在沙漠中兴建一个新的行政首都，用5~7年时间，将总统府、议会和政府办公楼一并迁出现址，还将建设100万套住房。新首都将占地700平方公里，投资450亿美元，将拥有宽阔的绿化区、一个机场、一个"世界上最大的城市公园"以及"一个相当于迪士尼乐园5倍的主题公园"。

此时，我心禁不住一缩：话说，想办这么大的事……钱

"一带一路"上的埃及故事

呢?……

这话,我没敢问。

我告诉胡达,我知道了,也记住了她的话!埃及,正在发生着翻天覆地的变化!

▼ 吉萨金字塔与周边崛起的民居　张贺　供图

13　"你要告诉中国朋友一个好的埃及！"

不过，有喜就有忧，有苦才有乐。酸甜苦辣才是真正的生活，不是么？

我决心尊重胡达的意见，尽可能讲述一个"好"的埃及。

这样做对吗？

▲ 中国军舰过苏伊士运河 韩冰 供图

14 晕！埃及人民"全民决定"放一天假

——"庆祝苏伊士运河开通一周年"[①]

昨天（8月3日）下午快要下班的时候，拉希德敲门来到我的办公室，嘿嘿一笑，"明天全国放假，我们都不来上班，您也别来了吧！"

"为什么？"我一头雾水，也大吃一惊！近段时间任务繁重，为什么又要全国放假？！"你没开玩笑吧？"

"这不是玩笑，真的，明天全国放假，因为去年8月6日新的苏伊士运河开通，一周年了，全国应该放假庆祝。"拉希德的解释，听起来好像是真的。

"明天8月4日，星期四，并不是8月6日！"我仍然不甘心，期望埃及人民能陪我继续工作。

---

① 2016年8月4日埃及河北同乡会官网首发。

117

"但是，8月6日是星期六，星期六是周末。如果法定节假日赶上周末，你们中国人不也是补休吗？"看来，拉希德是铁了心要"保护休息权"！

怎么办？眼瞅着手头工作堆积如山，不能休假！即便别人休息，我也不能休。

我灵机一动，"你们可以不来上班，但是，如果完不成工作任务，扣奖金！"

拉希德耸耸肩，无奈但却兴高采烈地走出了我的办公室。

看着拉希德的背影，我摇了摇头。

顺手翻开日历：我要看看埃及人民究竟有多少假期！

接二连三的假期，是困扰我们的问题之一。即便我已经在埃及生活多年，但依然闹不明白埃及究竟有多少假期！不如数一数！

以2016年为例：

新年，1月1日，星期五，放假一天。

科普特圣诞节，1月7日，星期四，放假一天。虽然科普特人只占埃及人口的10%左右，但广大穆斯林朋友也高高兴兴享受这一假日，与基督徒朋友共度圣诞。1月7日至9日，三天，凑了个小长假。

警察节，1月25日，星期一，放假一天。这个节日缘于1952年，在反抗英国殖民者的斗争中，50名警察牺牲，为此，埃及独立后设立节日纪念。2011年1月25日，在警察节

14　晕！埃及人民"全民决定"放一天假

这一天，埃及发生"一·二五革命"，是故，此后也有人将警察节称为"一·二五革命纪念日"。星期五、星期六休息，星期日上班，星期一再休息！我想，谢天谢地，警察节和"一·二五革命纪念日"没有被列为两个节日！

西奈解放日，4月25日，星期一，放假一天。庆祝西奈半岛回归34周年。假期方式同上，星期五、星期六休息，星期日上班，星期一休息！

国际劳动节，5月1日，星期日。这一节日是与国际接轨的。

闻风节，5月2日，星期一。这是埃及的传统节日，又称踏青节，最早可追溯到古王国时期第三王朝，公元前2700年前后，至今已有4700年的历史。4月29日、30日分别是星期五、星期六，和五一劳动节、闻风节连起来，形成了一个四天的小长假！

"6·30革命"纪念日，6月30日，星期四。这一节日缘于2013年6月30日，以现任总统塞西为代表的埃及军方发动革命，"纠正'一·二五革命'所犯的错误"。当天，埃及空军战机编队在开罗上空反复巡航，震得窗玻璃哗啦啦响。6月30日至7月2日，三天小长假。

开斋节，7月7日，星期四。开斋节是穆斯林两大传统节日之一，假期比较长，三天。与周末连起来，合计五天！

国庆节，也称"七月革命纪念日"，7月23日，星期六，假期一天。法定节假日适逢周末，假期顺延，再次有了一个三天小长假。

新苏伊士运河开通纪念日，8月6日，星期六。不过，看到这里我觉得有点奇怪，8月5日、6日是周末，通常情况下，这样的假期是顺延一天，并不提前休，为什么这次要提前休？应该弄明白！（其实，几个小时以后我发现，埃及人民开了一个什么样的玩笑……）

接下来，还有一些节日，宰牲节，9月13日，星期二。穆斯林最重要的节日，假期六天，加上周末……

伊斯兰新年，10月3日，星期一，假期一天。

军人节，10月6日，星期四，假期一天。

圣纪节，12月12日，星期一，假期一天。圣纪节是伊斯兰教第三大节日，是纪念伊斯兰教创始人穆罕默德诞辰和逝世的纪念日……

这些个节日，哪个可以没有呢？

为了保护法老埃及文明，古埃及的传统节日必须有！

为了尊重宗教信仰，伊斯兰教节日当然要保留！

为了体现宗教平等，全埃及同庆，多宗教同乐，基督教节日不能没有！

为了与国际接轨，五一、新年这些必须有！

不忘先烈，建国、建军这些不能丢！

为了记录埃及前进的脚步，"阿拉伯之春"以来的诸多时间节点，正在陆续进入"法定节假日"序列！

14　晕！埃及人民"全民决定"放一天假

至于这个"苏伊士运河开通一周年纪念日"，真正的情况是什么呢？

原来，"8月6日休假庆祝，只是民间说法，老百姓一致决定把这一天作为永久纪念日和全民假期。只不过政府还没正式通知。虽然政府还没表态，但已经答应要开会讨论！"

所以，事实上，除了个别人装作"误以为"今天是假期，多数人还是正常上班了。

话说，如果我得到拉希德的通知就不来上班，会是什么情形呢？

我哭笑不得。

朋友，你们这是多么期待多一个新的法定假期！

节日庆典　阮耀华　供图

▲ 跨河塔与埃及少年　李永力　供图

15 "让儿孙为我骄傲!"①

我和纳吉姆结缘,始于"赶工期"的沙漠工地。

纳吉姆今年25岁,是一名刚刚结束兵役的电力工程师。自从看到他的简历,我对这个年轻人就打心眼儿里喜欢:简历照片上的纳吉姆,栗色的皮肤,方方正正、典型的埃及本土面孔,看起来满脸憨厚,而且有着不凡的阅历:名校电力工程专业的优秀毕业生,大学还没毕业就获得了电力工程师证书;毕业后以军官身份入伍②;曾在象牙海岸联合国维和部队担任工程兵;一直坚持学习汉语,在多项汉语比赛中获得不错的成绩!……这样的小伙子,在埃及并不多见!所以,爱才如命的我将其视若珍宝,唯恐稍有不慎将这颗人才

---

① 2016年8月18日埃及河北同乡会官网首发。
② 埃及大学毕业生入伍,多数仍然是士兵。

的种子给毁掉。

五六月份，撒哈拉沙漠白天的室外气温已超过40℃，至于地面温度，据在现场的兄弟们说，扔沙子里一个鸡蛋，一会儿工夫就熟了，捡的时候不小心会被滚烫的沙子、熟透的鸡蛋烫伤手。简陋的、用塑钢板和砖石搭起来的工棚，即便几台空调全天运转，室内温度也难以降下来；夜半时分，沙漠气温骤降，但室内依然闷热，难以入眠。摸一下墙壁，灼热。

这，就是埃及开罗以南120公里，贝尼苏韦夫，中国国家电网承接的EETC输电工程的施工和生活环境。热带沙漠气候中的这一季节，打开房门时迎面袭来的滚滚热浪让人难以招架，而离乡万里、来到埃及的中国小伙子们，却要在沙漠工地上"赶工期"！"上级要求，这个项目要在6月30日以前完成。"

在埃及，除了难以忍受的热，另一个让人头疼的问题是用工问题。一方面，埃及本地人口失业率居高不下；另一方面，在埃及的中资企业却招不到合适的员工。究其原因，正如生活在地中海北岸的一个法国朋友所说，生活在地中海周边的人，由于环境舒适，生活上也要求惬意，不急不躁，不紧不慢，怎么舒服怎么过，无论贫富，开心是第一要务。于是，开罗就有了一个我们难以理解的现象：很多人昼伏夜出，大白天不起床，中午以后"吃早饭"，傍晚以后聚集在

15 "让儿孙为我骄傲！"

咖啡馆或者俱乐部，一杯茶、一管水烟，一聊聊到后半夜。凌晨两三点开罗市区仍然会堵车。

这一背景，外加一年一度的斋月即将来临，哪位埃及朋友能陪"中国军团"在热带沙漠中"赶工期"呢？当"川军参谋长"、河北老乡峰石向我求助用工问题的时候，我着实煞费苦心！

考虑到纳吉姆的背景，我怕他吃不了这样的苦，没敢在第一时间把他推荐到沙漠工地，而是让急于就业、平时比较听话、拍着胸脯保证"我能行""我不怕苦"的先上。不出三五天，几个小伙子纷纷以"太苦了""太热了""工作时

▼ 中国政府援助医疗物资运抵开罗国际机场　周辀　供图

"一带一路"上的埃及故事

▲ 中资企业施工现场　郭磊　供图

间太长了""厕所不行"等各种理由退出工地。考虑到"赶工期",我决定:上纳吉姆!

纳吉姆不是一个多言的小伙子。他非但没有拍着胸脯承诺"我不怕苦",而且在听我介绍了基本情况、费尽心机做好前期铺垫后,说了一句出乎我意料的话:"做同样的工作,中国人的工资比埃及人高,埃及人怎么能愉快地和中国人合作呢?"

我一怔。很显然,他对事实上存在的工资差异不明就里,且深感不满。怎么办?一下子把我难住了!这个问题,不仅三言两语说不清,而且很容易引起人权、平等之类的争议。烫手!

126

15 "让儿孙为我骄傲！"

我思忖一下，转而问他："你觉得为什么中国人的工资高呢？"

不知由于语言能力所限，还是知识和理解能力不够，纳吉姆一时不知如何做答，语塞。

接下来，我从工资成本构成要素的各个方面进行分析，虽引起了一些他的共鸣，但并未令其完全信服。在和我闲聊的同时，我发现他已在脸书上发起了"为什么中国人的工资比埃及人高"的讨论，参与讨论者的言谈话语间，不乏极端的言论。为避免局势失控，我不得不对他发起"进攻"。

"纳吉姆，工地条件很艰苦，你能吃苦吗？"

"能！"他底气十足。

"可能经常要加班，你能坚持吗？"

"没问题！"

"你能保证工作效率吗？"

"我尽力！"

"如果你能做到，我保证，你的工资不比中国人低！"我当机立断！

在谈好工作内容、约好尽快上岗的情况下，我把与纳吉姆讨论的情况与峰石沟通。暗想，万一峰石这边工资达不到，我怎么说服他呢？

"如果他真的做得好，工资可以更高！" 峰石一句话，给我吃了颗定心丸。这气势，那得是吃过多少用人方面的亏啊！

127

就这样，纳吉姆进入了"赶工期"的沙漠工地。峰石亲自带他，同吃同住同劳动，从此再没向我提出用工方面的求助；而我，一直在做着纳吉姆受不了沙漠工地的苦随时跑回开罗的准备，暗地里也为峰石物色、储备了几个递补人选；在此期间，纳吉姆不再像以前那样主动联系我。过了几天，我有点沉不住气了。

"纳吉姆，最近怎么样？"我在脸书上给他留言。

"我还活着。"纳吉姆回复的时候，已经过了几个小时，到后半夜了。短短几个字，承载着多么丰富的内容！我一下子忍不住，被逗笑了。

"如果你受不了野外工地的苦，告诉我，我帮你换一个环境好一点的工作！"这样说，我并不是有意拆峰石的台，而是激将；而且，我真心像心疼峰石及其"川军"一样心疼这个埃及小伙儿。其实，从内心，我还隐隐期待纳吉姆真的"逃离"艰苦的沙漠工地，因为，需要他这样的年轻人的工作岗位，真的很多！

对此，纳吉姆没有回复。

后来，眼见着峰石朋友圈陆陆续续发出来一座又一座漂亮的铁塔，或映着落日，或伴着繁星，或迎着朝阳，或挽着晨曦，不禁深感欣慰：成了！

但是，为什么纳吉姆没有动静呢？脸书内容没有更新，也不主动联系我。是不是没扛住？

15 "让儿孙为我骄傲！"

"纳吉姆，最近怎么样？"我找他！

"不好意思，我要去中国几天，需要办护照、体检。我请假，老板不同意，我就自己回来了！"纳吉姆的回答让我有点吃惊。一是没想到他真的扛过了最难挨的酷暑，坚持到了这个工程的阶段性节点；二是估计峰石正在用人之际不让他离岗，而他，为了圆自己的"中国梦"擅自"逃跑"，峰石怎么办？我担心峰石的工作受拖累。

"虽然我不在工地，但是我还是可以打电话为他们翻译的！"见我没有回应，纳吉姆迫不及待地进行解释，唯恐在我面前丢了面子。

"好的！"担忧盖不住喜悦。我真心欢喜，峰石及其

师徒合影　蔡永平　供图

"川军"取得了辉煌战果,纳吉姆经受住了来自热带沙漠和中国团队的双重考验!

当纳吉姆从中国回来,回到峰石已经转场的新工地的时候,峰石为他安排了一个新的工作岗位。

"纳吉姆,最近怎么样?"我的问候方式还是老一套。

"他们说我不能做翻译了。对不起,我让您没面子了!"纳吉姆的言辞倍显惆怅,"他们要教我,一个新的工作。"

"你不喜欢这个新工作吗?"我虽不知峰石的准确用意,但他将纳吉姆从貌似翻译但其实是工长的岗位换到技术岗位,其实真不是一件坏事。一是说明峰石已经不跟头把式"赶工期"了,二是觉得他有意在技术方面为纳吉姆提供发展空间。

"谈不上喜欢不喜欢,但我不懂,不会做这个工作。所以,我告诉他们我回家了。"从纳吉姆的回答,我们不难发现埃及朋友的普遍特点:只愿意做自己喜欢、自己习惯、能让自己最大限度"有面子"的事情。一旦工作内容发生调整,就会觉得不舒服。以舒服为本,看不到挑战带来的机遇。

"认识这些吗?"我把峰石朋友圈的跨河塔美图转发给他。

"56和57!"脱口而出的代码,说明纳吉姆对跨河塔的熟悉程度不亚于峰石。

"你知不知道这些塔创造了奇迹?"短短几个月时间,

15 "让儿孙为我骄傲!"

纳吉姆加入中国团队,完成了埃及目前尼罗河跨越距离最长、输电铁塔最高的输电工程,创造了埃及输电项目的历史。这样的辉煌,怎么说都不为过!要使之激发纳吉姆和埃及人民的自豪感、荣誉感!

"真的吗?!"闻听此言,纳吉姆显得很兴奋。

二十世纪七八十年代,中国还很落后,中国的桥梁专家专门到埃及学习建桥技术,回到国内建了很多漂亮的大桥,改善了中国的效通状况。我借势激发纳吉姆的上进心,"如果每个人都永远只做自己熟悉的事情,怎么能进步?只有不断去做自己不会做的工作,才有发展,才能成长!"

▶ 中资企业施工现场 郭磊 供图

131

"一带一路"上的埃及故事

　　"我明白了，我很快就回去，学习我不会做的工作！"纳吉姆一点就透，一说就明白，真不错！

　　"埃及是埃及人的埃及。我希望埃及越来越好，和中国一起发展，超过中国，就像三十年前中国比埃及落后但很快就超过了埃及一样！"我进一步为他鼓劲儿。

　　"谢谢您，我会努力！"纳吉姆信心倍增，回复我一个大大的笑脸。

　　"要善始善终！"我要求。

　　"善始善终！"他承诺。

　　"将来，等你老了，你可以带着你的儿子、孙子去看这

▼ 中资企业在埃及的沙漠工地　韩兵　供图

15 "让儿孙为我骄傲！"

些铁塔，讲述你年轻的时候和中国朋友一起工作的故事！"我微笑着憧憬他的未来。

"一定！要让儿孙为我骄傲！"

闻听此言，我确信，不轻言诺的纳吉姆真的坚定了信念。

我想，中国国家电网的埃及施工团队，以及正在这里辛勤劳作、遍布各行各业的华人，创造的岂止是看得见摸得着的电塔、线缆的奇迹，更重要的，是播撒下了中华民族精神的种子，灌溉了中埃友好之花！

在遥远的异乡，"一带一路"沿线，不计其数的海外华人，正在携手各国人民，坚毅地向前，向前，再向前！

▲ 2020年2月5日 夕阳下的金字塔　李咏梅　供图

16 "故乡是开罗"的年轻母亲和她的孩子们[①]

圣诞节前夕,开罗国际机场不像基督教国家一样充满节日气氛,也没有几年前埃及旅游旺季那样繁忙。在排队进关之际,一个青年女子和三个嬉笑打闹的孩子引起了我的注意。

女子年龄看起来不超过30岁,她用流利的英语和孩子们交流,"穆罕默德,奥萨马,别闹了,安静一点!"虽然被称为穆罕默德和奥萨马的两个男孩并未按要求安静下来,但从这两个常见的、传统的中东地区穆斯林的名字,我知道他们并非欧美人,而是中东阿拉伯穆斯林。

"妈妈,你看我的头发!"跟在女子身后、梳着两个鬓鬃的七八岁的女孩,也说流利的英语!女孩抬头,可能我的目光引起了她的关注,她扭头看我之际,呈现给我的是一张

[①] 2016年12月25日埃及河北同乡会官网首发。

"一带一路"上的埃及故事

典型的埃及脸。

女子俯身为女儿梳头。我微微一笑,礼节性地打招呼:"多漂亮的小姑娘!你叫什么名字?"

"雅斯敏!"她的回答很有欧美范儿,但这个名字也是传统的中东穆斯林女子的名字。她抬手之际,我见到了她手里有四本护照,埃及护照!他们是埃及人!

我的好奇心越来越重。虽然知道埃及很多人有双重国籍,但这却是我第一次遇到持有埃及护照却不用母语交流的埃及母亲和她的孩子们。

"你们是埃及人?"我微笑着和年轻母亲打招呼。

"是的,我的故乡在开罗。"她微笑着给我答复。

"你们在哪里生活?"

▲ 2016年圣诞节前夕,"家在开罗"的年轻母亲和她的孩子们进入埃及海关

136

16 "故乡是开罗"的年轻母亲和她的孩子们

"加拿大。"

"你们平时都不说阿拉伯语吗？"虽然我觉得我的提问有点不够礼貌，但还是在稍加犹豫以后道出了我的疑惑。

"有时（说）！"回答这个问题的，并不是年轻母亲，而是她的女儿——雅斯敏！

"穆罕默德，奥萨马，快回来！"海关排队已经轮到他们，年轻女子招呼孩子们排队入关。

看着他们的背影，我深深忧虑：在埃及，究竟有多少人已经离开或者正在准备离开？这位年轻母亲和她的孩子们，看起来素质很高，将来他们还会回埃及生活吗？

盼未来在建设埃及的过程中，有缘与这位年轻母亲和她的孩子们再相遇！

愿埃及人民凝心聚力，盼埃及越来越好！

▲ 四岁的埃及女孩雅思敏

17　四岁埃及女孩的思念[①]

忙碌的时光总是稍纵即逝，转眼间已不在埃及几个月。期间，不少埃及朋友对我诉说思念：有的需要学术交往，有的需要专业支持，有的需要我捎带一本书或者一个充电宝，有的时不时和我分享生活中的喜怒哀乐……

雅思敏的妈妈胡达女士经常对我诉说思念，通常就是聊聊家长里短。今天，当她再次强调"非常非常想你"的时候，多了一个内容。

她告诉我，昨晚，雅思敏主动要求："妈妈，我们应该去看看海伦女士了！"

我既惊喜，又惊奇：不见雅思敏至少已经半年有余，难得她还记得我。不过，一个四岁女孩，对一个并不经常见面

[①] 2017年2月16日埃及河北同乡会官网首发。

"一带一路"上的埃及故事

我们也爱中国　王广滨　供图

的外国人，究竟在时隔半年以后还会保留什么样的印象呢？

胡达说，她着实想不到小小的孩子居然主动提出找我。

胡达问："谁是海伦？"

雅思敏答："就是那个问我'你好'，叫我'茉莉[1]'的人！"

简直令我心潮澎湃！

此前我着实没意识到，亲和的语言、善意的微笑会有如此强大的穿透力！

---

[1] 雅思敏在阿拉伯语中意为茉莉花。

17　四岁埃及女孩的思念

我激动地告诉胡达:"我要写很多关于雅思敏的故事!"

胡达说:"你要先写你自己的故事,告诉我为什么那么多人想你!"

我想,这既是胡达的客气话,也是我和埃及朋友多年"礼尚往来"的喜人写照:时代造化,由我、胡达、雅思敏这样的个体所组成的民间外交,正在一点一点地由国际交往舞台的最边缘走向中间!

借此短文记述我对雅思敏和埃及朋友们的思念,衷心祝愿小雅思敏、蕾拉、蒂娜、茹卡雅们健康茁壮地成长,未来对促进中埃友好、维护人类和平做出更大贡献!

▼ 期待

▲ 学包中国饺子　王广滨　供图

18　纳吉姆的"中国梦"[1]

纳吉姆并不轻易找我,反倒是我对他放心不下,时不时主动问一句"纳吉姆,最近怎么样?"。随着交往的日益加深,我对他的了解越来越多,也愈发担忧他的未来:社会动荡,怎么才能帮助他顺利成长,如愿成才[2]?

纳吉姆第一次主动找我,大概是在半年前。当时,他为钱所困,觉得在埃及当工程师的收入无法满足他的需要,想效仿堂兄到中国教阿拉伯语,又舍不得放弃自己热爱的电力工程师职业,举棋不定之时找我商量。他的工资收入在埃及年轻人中已属较高的了,却对钱的渴望还是如此强烈,我对此格外诧异,禁不住想劝劝他。

---

[1] 2017年3月5日埃及河北同乡会官网首发。
[2] 关于纳吉姆其人,参看本书第123页《"让儿孙为我骄傲!"》

"埃及是埃及人的埃及，如果有本事的埃及人都去别的国家生活，谁来建设埃及呢？"我对他严厉发问。

"老师，我不是不爱埃及，但是，在埃及我真的没有前（钱）途。您看，很多埃及的科学家都离开埃及了！"纳吉姆的回答显得很委屈，听起来更像是辩解。

"纳吉姆，别人是别人，你是你，我希望你留在埃及。不过，如果你想去中国，可以参加HSK5考试，考个不错的成绩，然后申请中国政府奖学金到中国留学，拿到硕士、博士学位以后回埃及当大学老师。"这是我的肺腑之言。让纳吉姆将来当老师，培养更多像他一样优秀的埃及青年，既是埃及的需要，也是中国的需要，还是人类发展的需要。

"我可以继续学习我的专业吗？"从纳吉姆的疑问可见他对专业的热爱。要知道，埃及的工程技术教育相对还很滞后，而纳吉姆是用英文在艾因夏姆斯大学完成的电力工程专业本科学习，这在埃及即便不属于凤毛麟角，也是稀缺人才。

"当然可以！"我相信，凭我见到的他的本科成绩单、不俗的履历以及长期以来对他的了解，只要他肯坚持，申请中国政府奖学金并完成学业，不是一件难事。

"谢谢老师，我一定努力！"看来，纳吉姆已经放弃了到中国教阿拉伯语赚钱的念头。结束谈话的时候，他问："老师，您认识中国文化中心的S老师吗？他是特别好的人，

18 纳吉姆的"中国梦"

▶ 中国情结 王广滨 供图

对我帮助很大！您对我帮助也很大！中国人对我都很好！"

"你对中国人也很好啊！别客气，只要你努力，中国老师都愿意帮助你！"此时此刻，我打心底里体会到了被其他民族和人民尊重的喜悦与满足。

纳吉姆再次主动找我，是在春节期间。

"老师，您在埃及吗？我在春节文化庙会没有见到您。"他问。

"我在中国。庙会怎么样？"春节文化庙会是开罗中国文化中心的品牌活动之一，在埃及很有影响力。纳吉姆主动和我谈这个活动，我想，一定发生了什么不寻常的事。

"很好啊！老师，我当主持人了！春节文化庙会是我主

持的！"纳吉姆平时一脸憨笑，并不是一个爱显摆的小伙子，言行比较低调。这次主动向我"报喜"，说明这件事他看得很重。当然，我也无比欣喜，因为，这足以说明他在汉语学习方面取得了优异成绩，也代表着他通过在开罗中国文化中心的学习，实现了综合素质的全面提升！

"祝贺你，加油啊！"一如既往给他鼓劲！

"老师，我会的！"言简意赅，结束谈话。

纳吉姆又一次主动找我，是在一周前。

"老师，您在哪里？您能让我到中国学习我的专业吗？"随着这个问题，噼里啪啦七八个文件塞到了我的whatsApp，除了自荐信，还有大学成绩单、HSK5成绩单、各种汉语比赛证书、联合国维和部队颁发的证书等。依我的理解，他可能正在申请中国政府奖学金，需要中国大学的支持函。这么好的小伙子，支持！当即隆重推荐，很快，他就拿到了某大学的硕士研究生预录取通知书。

为了让他顺利完成中国政府奖学金的申请程序，我试图指导他网上申报。然而，他的答复是他已经确定自己不符合埃及政府规定的申请条件，无法申请中国政府奖学金。

"不要放弃，继续努力！"依埃及目前的经济状况，如果得不到中国政府奖学金，赴华留学学费、住宿费、生活费不是每个埃及家庭都能承受的。即便不需要支付学费、住宿费，仅在中国期间的生活费，也超出埃及普通工薪阶层的收入。这可不是一件小事。

"好的，谢谢老师，我要好好想想！"纳吉姆说这话的时候，我相信，他的脸上没有了笑容。

这一"想"，就是好几天。

今早七点多，也是开罗时间的凌晨一点多，我收到了他的消息："老师，我跟你说一下我的情况，请帮我做一个决定。我觉得在中国留学而且免费学习我的专业，是一个特别好的机会。但是，我挣的钱都需要给父母，装修我们自己的家。以前我们一直租房住，现在已经住我们的新家，多好啊！但问题是，我现在没有钱，所以我开始在优步工作，因

▲ 新年好！　王广滨　供图

"一带一路"上的埃及故事

为可以挣的钱比较高。要是我去YS大学，我每个月需要大概1500元人民币，相当于大概4000埃镑，一年大概5万埃镑。我没有，所以真遗憾。您觉得我还有办法把握这个机会吗？我感觉错过这个机会很可惜。"

我的怒火"腾"地一下子冒了出来：为了他的前程，我和我的朋友们费劲心思，绞尽脑汁，而他和他的家长居然优先买房置业装修新家，生活费都不想掏！

"纳吉姆，为什么要先买房，不把自己受教育的钱留出来！你可以等你上完研究生再买房！"我简直是在咆哮。

"老师，是这样，我家一直租房住，现在爸爸退休了，妈妈也快要退休了，爸爸觉得还要付房租、还要养家，生活太不安定了……我不想让爸爸发愁、生病，所以把我的钱全给了爸爸买房。现在，我们已经住进了新房子，很幸福！我

▶ 中国师傅 王广滨 供图

18　纳吉姆的"中国梦"

要开优步，多挣钱，装修新家……"纳吉姆的答复，不但让我一下子泄了火，反而对他、对他妈妈爸爸产生了一份别样的尊重：在埃及，女人一般是不工作的，而他妈妈60来岁还在工作，说明她是一个比较早地实现社会化的女性；一般女人往往是在男方备好了房子、置办好家具以后才肯出嫁，而她大半辈子租房住，说明她不是一个物质的女人；即便家里经济条件并不宽裕，但父母却让孩子接受英语授课的、昂贵的现代教育，足见其开明程度；纳吉姆明明可以用自己的收入来支撑自己渴求的中国教育，但他却用来给父母买房，其孝心、孝行也并不多见！这样的家庭，虽然贫穷，但精神上是富有的！

此时此刻，按埃及人民的常态，我想象着纳吉姆可能的新家：毛坯或者半毛坯状态，也许没有窗户（用一块布遮挡），也许没有门（挂个帘子），也许楼道里堆满了建筑垃圾（可能邻居还没搬进来），只是具备了基本的水、电条件，一家人因为住进了自己的房子、结束了租房住的历史，喜笑颜开……我的心一阵揪紧。

"纳吉姆，我觉得，经济上再困难也要读书！我建议你先申请中国大学奖学金，到中国以后你可以兼职教阿拉伯语或者做一点翻译工作，自己挣生活费。无论如何不能放弃留学机会！"说这话的时候，其实我已经做好了为他提供担保、补贴他饭费的准备。

"您觉得这样可以吗？"此时此刻，纳吉姆稍有迟疑，"我真的很不好意思，从来没有这么麻烦别人！"

"千万不要放弃！只要你努力，办法总比困难多！"即便仍然发愁，仍然担忧，但我已恢复了答复他问题的常态。

纳吉姆有一会儿没有应答，我以为他已经离线，带着他充满忧愁的"中国梦"。毕竟，埃及时间已经凌晨两点多了。正在我准备离线的时候，他回复："老师，我明白了，是的，办法总比困难多！"

哈哈！原来，毕竟汉语不是他的母语，可能不大明白何为"办法总比困难多"，搞懂意思以后才来和我确认！

"老师，我决定先回峰石先生的工地工作，然后尽可能想办法攒钱，去中国学习。"

"好的！我们一起努力，加油！"

"谢谢老师，我会努力的！"纳吉姆是个说到做到的小伙子，他承诺，我放心。

我想，纳吉姆可能已经蓄满力量、满怀希望，很快进入了梦乡，但我的心情却久久难以平静。

梦想人人有，每个人都有追求梦想的权利，但究竟有多少人能在追梦路上坚持下去，又有多少人最终可以把梦想变成现实？

在埃及，如果没有峰石、S老师以及我这样的一批中国人齐心协力地帮助，纳吉姆可能此生会成为专职的优步司机；

18　纳吉姆的"中国梦"

当然，如果他不能坚持学习汉语，中国人也可能没有帮助他改变命运的机会。

让每个人的日子都过得越来越好，这是我们共同的梦想，既是我们的中国梦，也是我们的埃及梦。那么，筑梦、逐梦、圆梦，国家和社会应该搭建什么样的平台和环境？社会个体应该付出什么样的努力？

想到纳吉姆无法申请中国政府奖学金，也可能最终在生活的重压下放弃来华留学的梦想，我心沉重。

虔心祈盼，纳吉姆、穆罕默德、侯赛因、穆斯塔法、萨拉们一切顺利，有朝一日实现"中国梦"！

▲ 卡尔纳克神庙的拉美西斯二世　韩兵　供图

19　梦见拉美西斯二世[①]

当我雄赳赳、气昂昂赴任新的工作岗位时，我承认，那一刻我自信满满，完全没有任何迎接新挑战的准备。前一个岗位上"没有你就没有我们中文系"的辉煌依然历历在目，令我膨胀。我以为，有哲学、教育学、法学专业背景，博士学位、博士后经历，近20年的大中小学一线教学及教研员实践经验，外加苦修、恶补了汉语和对外汉语专业的核心课程，在海外高校中文系讲语音、语法、阅读、写作课得心应手，接手短期的汉语培训班教学简直是小菜一碟儿！

如我所料，业余进修学员对学好汉语的渴望更加强烈。在顺利讲完《埃及之旅》第一课后，我按惯例问："还有没有别的问题？"学员们纷纷离席。不是离开教室，而是聚拢

---

① 2017年11月4日成稿。

到了我身边。

"老师,您能不能告诉我这段话用汉语怎么说?"萨拉翻开一本厚厚的书,指着折角页的一段文字。我一看,英文,虽说只有几行,读起来并不难,但我却完全不懂其意。绊住我的词是ankh、djed以及作主语和宾语的was……没办法,本以为讲好开学第一课就算华丽丽闪亮登台的我,不得不悻悻找台阶,"等我查一下资料再告诉你。"

此时,穆罕默德递过来一张明信片,迫不及待地问:

◀ 阿布辛贝神庙威严的拉美西斯二世雕像　王馨　供图

19　梦见拉美西斯二世

"老师，这个用汉语怎么介绍？"我看到图片上一个木乃伊形象的白衣男子，头上戴的、手里拿的、脚下踩的无不透着威严与庄重。但是，我除了知道他的形象是木乃伊，其他无论是头上戴的、手里拿的还是脚下踩的，完全都不认识。此时此刻，我的气场一下子萎缩到了极点。稍许，我呆呆地说出一句话："我不知道这是什么……你们需要用汉语介绍他？""是的！"穆罕默德和他身边几个人异口同声给了我明确的答复。

中文系本科毕业、研究生在读的萨尔玛显然汉语水平更高，她拿出密密麻麻写满汉字的笔记本，递给我，"老师，我把哈齐普苏特方尖碑上的内容翻译成了汉语，您看对不对？"……我愣了一下，脑海里赶紧调动关于方尖碑的知识储备，同时开始批改萨尔玛的翻译文本。遗憾的是，我能修改的只有语法和汉字、标点符号错误，对于内容是否正确，几乎一无所知。

比对以往圆满完成开学第一课的成就感，埃及中文导游培训班给我的"开班礼"，是用兜头三盆冷水瞬间冲走刚刚收获的喜悦。我发现，无论具备多么高超的课堂教学技能，以现有教材和我已有的知识基础，都无法满足学员的实际需求。

眼前，将是多深的一个"坑"？

我是老师。

学高为师。

老师，不能说"不懂"！

学！

先从萨拉的问题下手。

百度"was"，确认它只是众所周知的那个"be"，不能解决问题。

谷歌"was"，海量检索结果，逐一查阅，一个多小时过去了，仍然没能超越"过去式"的范畴。

查朗文、剑桥、牛津辞典，was依然是我所知道的那个was，而且找不到ankh和djed词条。

难道，我以前学的，是假英语？！

夜半时分，拖着疲惫的身心，带着强烈的挫败感，我关闭电脑，离开教室。

今夜无眠。北京时间已是清晨。我微信请教一位在国内名校执教、学富五车的英语教授。过了好一会儿，被公认为"好脾气"的她回复我一个愤怒的表情符号，随后甩出三个字："什么鬼！"吓得我再也不敢吭声。

第二天，我小心翼翼地找英文专业八级的年轻同事小迪寻求帮助。虽然小迪很耐心地和我进行讨论，但脸上的表情暴露出了她内心的失落。

功夫不负有心人。经过大半天的联合攻关，英明睿智的小迪给出最终判断："was"一定是某种东西，是专有名

19　梦见拉美西斯二世

词，不应该写作"was"，应该是"Was"。于是，茅塞顿开的我们编排出一组又一组有可能指向准确答案的关键词，终于，在维基百科里发现了"Was"权杖！

在对小迪表达由衷感谢、让她获得"解放"后，我开始独立研究古埃及"Was"权杖。不一会儿，我清醒地意识到，自己正在用实际行动印证"无知者无畏"的古训。看着眼前和Was相关的文本，我衰了，因为我发现，这些貌似英

▼ 中埃联合考古队全家福　文臻　供图

文但其实并非英文的单词，很多来自古埃及象形文字，也有来自波斯文、希腊文、罗马文、阿拉伯文！而我，一名汉语教师，如果不是对自己的教师身份那么自负，如果以前曾经对埃及学有粗浅涉猎，岂敢答应萨拉和她的同学们把古埃及知识汉语化！我的本意是努力维护教师尤其是中国教师的光辉形象，试图为学生答疑解惑、排忧解难。而最终结果，我不是掉进了一个深坑，而是在毫无准备的情况下一头扎进了埃及学的茫茫深海！

即便夜以继日、废寝忘食，到第二次上课的时候，我还是没能弄懂萨拉的那一段文本。看着学生们期待的眼神，我已做不到继续按部就班讲授现成的入门级埃及导游课本。我坦诚地告诉这些拥有丰富专业知识、掌握多国语言的埃及导游，我目前对于埃及学一无所知，还不能解决他们的所有问题。但是，我会努力学习，正如他们努力学汉语一样。

那一瞬间，我的内心五味杂陈。强烈的悲壮感油然而生，而且是前所未有的悲壮！

"老师加油！"萨拉带头喊出口号。

"加油，加油！"此起彼伏的"加油"声，伴着舞动的、握紧的拳头和期盼的目光、鼓励的眼神，在教室回响。

说到就要做到。从此，我每天痴迷于古埃及历史、宗教和神话研究。埃及学的起始语言是法语，法语、英语资料比较丰富，汉语资料非常有限。在开罗能看到的为数不多的纸

19　梦见拉美西斯二世

质书和网上能找到的电子书，要么是除专业人员以外，一般人看不懂的学术专著；要么是过于浅表，不能满足专业的埃及汉语导游需求的游记或入门级普及读本。怎么办？难道写一本埃及汉语导游教材的历史重任，真的要落在我的身上？

顺着学生们提供的丰富的学习线索，伴着每次下课"老师加油！好好学习！""你能行！"的口号声，我一点一点努力尝试打开埃及学知识宝库的大门。日思夜想，苦苦追寻。

终于，有一天，奇迹出现了。

那一刻，座机铃响，我拿起听筒。

"你好！"但是听筒里并没有声音。

当我刚想放下听筒、挂断电话的时候，眼前倏然飘过一

▼ 2021年4月3日，法老的金色游行　黄培昭　供图

道俊逸的身影，如清风般落下。

"Dr Wang"，一声淳厚的、底气十足、极具穿透力的呼唤，在房间里回响。这空灵魅惑的语音，彻底把我惊呆了！……眼前，他，拉美西斯二世大帝法老王！

我直勾勾、呆愣愣、傻傻地盯着身边这位英俊、帅气、威严无比、名震数千年世界史的拉美西斯大帝，脑海里浮想联翩：简直太好了！从此，关于古埃及的一切，全都不是问题！他可以直接教我，我可以紧紧追随他来书写那段历史！……

"Dr Wang"，又一声缥缈但急促的呼唤，打断了我的冥想。"求你，求你不要放下！如果你放下电话，我就不得不回去，又要被关起来……"

原来如此！

刚才与我相见的拉美西斯二世大帝法老王，由于我的原因，即将在我眼前失去自由？那可不行！快快快，让我帮你藏起来。但是，藏哪儿呢？教室里空空荡荡，无处可藏！这要万一被发现……

如果你问我今生最后悔的一件事是什么，毫无疑问，绝对是我在帮拉美西斯二世法老寻找藏身之处的时候不够沉稳，过于焦急，过于慌乱，以至于……我的美梦被惊醒了。

第二天，我的教学是从介绍这个美梦开始的。学生们听得一个个目瞪口呆，相当陶醉！

19　梦见拉美西斯二世

"老师，你不害怕吗？"过了好一会儿，阿拉丁第一个缓过神来，瞪大眼睛问我。

"不怕！为什么害怕？"实际上，我确实没有感觉到一丝害怕。

"很多中国人怕鬼！"

"我不相信有鬼。拉美西斯二世不是鬼！"

"老师，这件事说明，拉美西斯二世真的需要你的帮助，他要你用汉语把他、把古埃及写出来！"

阿拉丁的结论，引发了教室里的哄堂大笑。

看着沉醉于我的梦境的可爱的学生们，我眼前仿佛升腾出一个幻境：美尼斯、孟图霍特普二世、雅赫摩斯一世以及拉美西斯二世等历朝历代的著名法老纷纷加入我们，欢欢喜喜聚在一起，高高兴兴说着汉语。

我禁不住笑出了声。这是从心底发出的心满意足的笑。

"不——要——放——下——"耳畔萦绕拉美西斯二世的重托。

回想他说这话的情形，我非常肯定，法老的语气不是命令，他的眼眸明亮而深邃，充满期待、真诚和恳请。

我想，这，不可辜负！

▲ 开罗某医院候诊大厅

20　新年前一天，纳蒂亚陪我去医院[①]

纳蒂亚和我堪称"患难之交"。2013年我们初相识，那时她刚大学毕业。之后两年多我们共事，跌跌撞撞中摆脱工作困境并结下了深厚的友谊。好久不见，她还好吗？时局动荡[②]，我们虽然相隔不远但见一面却着实不易。回想上次见面，还是她举行婚礼的时候，至今已两年。新年假期，我预约去她家附近的医院就医，何不借机小聚？于是，我约她陪我去医院。

"老师，我特别想你！"刚一见面，一个热烈的、持久的拥抱，惹得我禁不住眼眶一热。

"你怎么样？过得好吗？"我对纳蒂亚的关心绝非寒暄，而是真心惦念，但由于就诊时间将近，我们只好边走边聊。

[①] 2017年12月31日埃及河北同乡会官网首发。
[②] 埃及当时处于"紧急状态"。

"还可以吧！"与其说她的微笑有点勉强，莫如说久别重逢的喜悦迅速从她的脸上消退，"我想换个工作，我丈夫也要换个工作。"

"为什么换工作？"在我印象里，纳蒂亚出身知识分子家庭并在学校教书，她的丈夫出身于中央政府机关公务员家庭并在外资企业工作，婚前父母已全款为他们买房买车，小夫妻的收入虽不高，但也没有一般年轻夫妇的经济负担，为何不安于现状呢？

"老师，你知道我已经有了孩子，但我的工资只有2150埃镑；我丈夫的工资以前是6000多（埃镑），但他的公司几年不赚钱了，老板要关掉公司回法国，把他的工资降到4000，而且到明年三月就没有工资了。可是，我没办法（找到新工作），他也没办法（找到新工作）。"说到这里，纳蒂亚的大眼睛里已经写满忧伤。而我，想到她的月薪只够买10多公斤牛肉（2017年12月埃及牛肉约每公斤160埃镑）或者100包牛奶（2017年12月一升装牛奶约18埃镑），她的丈夫马上面临失业，几个月大的婴儿嗷嗷待哺，禁不住心底笼上了一层阴云。

说话间，我们已进入医院的候诊大厅。这是一家私立医院，据说是埃及最好的医院，但候诊的人并不多。接待人员把我们带到外国人候诊区，并指导我们办理挂号手续。纳蒂亚接过缴费单，看了一眼，吃惊地抬起头，"老师，很贵！"

20　新年前一天，纳蒂亚陪我去医院

▲ 埃及的病号饭　　　　　　　　　　　　　　　　▲ 医患和谐

"多少？"我虽已做好心理和物质上的准备，但此时还是由于纳蒂亚没有争着抢着为我缴挂号费而稍觉失落。毕竟，几年前我们一起工作的时候，她没少替我付款，通常借口是"你是外国人""我们是好朋友"。当然，我也总是想方设法不让她在经济上吃亏。

"486镑！"纳蒂亚瞪大眼睛，声调抬高八度。

"为什么这么多？！因为我是外国人吗？"这个价格也超出了我的预期。

"不是，因为这是埃及最好的医院，别的医院不这么贵！我第一次来这里。"纳蒂亚气呼呼的解释听起来似乎合理，但我心里已经默算：她的月薪刚好折合这家医院见四次医生但不买药、不做仪器设备检查化验、不进行治疗的费用。

在缴完费等医生之际，纳蒂亚忽然眼睛一亮、甜甜一笑,"老师,我有一个好消息!我姐姐明天要和她丈夫、孩子去英国,她要继续博士后研究,以后在英国工作!"

几年前,我就知道纳蒂亚有一位了不起的姐姐,并对她深感钦佩。这位姐姐不像寻常的阿拉伯女子一样在大学毕业后回归家庭,过上几乎与世隔绝的相夫教子的生活,而是放眼看世界,去德国留学,在埃及女性很少涉猎的计算机工程专业持续深造并攻读博士学位。当时,我曾在内心暗自祈求,谢天谢地,盼着纳蒂亚的姐姐学成回国报效埃及。然而,此时纳蒂亚的神情已经告诉我,又一位埃及精英、不可多得的女性楷模即将带着对幸福生活的追求,在人人艳羡的目光中远赴他乡了。

我心突觉失落。

我不忍心抹掉纳蒂亚难得的笑容,也担心此刻呼吁她姐姐留在埃及、建设埃及,有可能让我失去她这位朋友,于是转而适应她的话题:"祝你姐姐一切顺利!她走了,你怎么办呢?"

话一出口就觉欠妥,但后悔已晚。

"我想去中国,但是我丈夫不懂汉语。我也不知道我应该怎么办。"纳蒂亚毫不犹豫地回答,说明她的想法绝不是出自我的诱导,而是酝酿已久。

此时,愁云再次笼罩她的眉头。

我的问话,只是把她从对姐姐美好生活的向往中拉回了

20　新年前一天，纳蒂亚陪我去医院

现实。

一时无语，沉默如死寂。

最终，护士的脚步打破了我们的沉默，纳蒂亚陪我前往就诊。接过医生开出的化验单并返回服务台后，被告知化验需要第二天才能进行。

"老师，你明天早晨再来医院，"她长长地吐了一口气，把化验单塞给我，带着夸张的语气："还要再交400埃镑！"

此时此刻，我的心五味杂陈，脸上勉强挤出一丝笑。

抬望眼，候诊室墙上的电视是穆斯林天房朝觐的直播画面。回家路上，商贩正在离清真寺不远的路边叫卖圣诞帽，告诉我圣诞节刚过，马上就是新年。

为了健康，我明天还会再来这家医院。可是，纳蒂亚还会陪我吗？

这个问题，我没问。

▲ 作者在开罗花卉博览会留影

21　与花匠"讨价还价"①

欣悉一年一度的开罗花卉博览会开园,我和同事相约前往。

进入园区,满眼鹅黄翠绿、姹紫嫣红,花香弥漫如人间仙境。

几年来,不景气的埃及经济明显拉低了百姓的生活水准,但却没能扼杀埃及人民爱美的、追求雅致的心。没有实力迁居宽敞明亮的新居,但家家户户都要置办些花花草草,为生活添情趣。据说,判断一个埃及家庭是否富有,外显的标准是看他家有多少棵树。修剪整齐、密密实实的绿树做院墙,各色鲜花院里院外迎风摇曳飘香,是埃及富人家庭的基本标志。这使埃及的园艺和花卉产业保持经久繁荣,即便其

---

① 2018年3月30日成稿。

他行业普遍低迷。

询价发现，和急速飙升的米面油价相比，心仪的花花草草并不贵，物美价廉，物超所值！

然而，讨价还价是我多年养成的习惯。在如此芳香怡人的环境中，倘若能与传说中名震四海八方的"阿拉伯商人"比脑力、拼口才，他漫天要价，我坐地还价，岂非别样的乐趣！

走起！

"多少钱？"我随便指着一盆花。

"10埃镑。"花匠应声作答。

"便宜点儿！"我脱口而出。

"一口价！"花匠拒绝还价。

面向大众、品质普通的花草苗木，价格本就已经很低，花匠拒绝还价可以理解。

再议。总会有机会！

我边走边看，挑挑拣拣。

忽觉眼前灵光一现，在众多绿植中间，喜见一株朱顶兰！

不在撒哈拉地区常驻的朋友，很难理解我们见到自己熟悉的植物时的那份喜悦。毕竟，橘生淮南则为橘，生于淮北则为枳。肥沃的土壤、温暖的季风环境中生长的植物，在撒哈拉周边是很难生存的。这是我本人经过多年无数次失败的栽培试验得来的结论。然而，眼前却有一株朱顶兰，在撒哈拉的早春之中孑然绽放，似幻如仙、脱俗超凡！

21 与花匠"讨价还价"

▶ 辛勤的埃及花匠

买了！无论贵贱，不管多少钱，我铁心把它带走！

"这盆多少钱？"我极力压抑、掩饰内心的激动和狂喜，装出一副若无其事的样子，唯恐花匠看透我心进而胡乱报价。

"125埃镑。"花匠迅速作答。

这个报价，大概相当于人民币50元，远低于我的预期！

"100埃镑行吗？"我条件反射般迅速跟进，同时从心底发出一声嗤笑，轻蔑地鄙视了一下自己。

这是变态到什么程度，在如此心满意足的时候还要继续讨价还价！

171

不过，我要为自己做一些辩解。事实上，寻求砍价的乐趣，只是我期望的一个方面。另一方面，抑制不住的占有欲已经敦促我赶快立即马上去结账，以便迅速把"我的"花踏踏实实地抱在自己的怀里。然而不幸的是，一段时间以来饱尝来自结账过程的苦，令我不由自主地畏惧结账时埃及收银员在我眼前反反复复算来算去，10镑以内的加减法用计算器敲两遍。算账，对于不会背诵"小九九"的埃及朋友来说，真的不容易！

此时此刻，我是如此强烈地渴望让这笔结算变得最简单、最容易！100埃镑，比125埃镑好算账！

"不行！"不懂我心的花匠回答得干脆利落，毫不犹豫，坚决捍卫他"一口价"的权威性。

"别说100埃镑了，124埃镑都不行！"他适时声情并茂并配合夸张的体态语言做出补充。

"好吧！"见他如此坚定，我放弃了继续讨价还价的想法，同时给了他一个鼓励并不怀好意的诡笑，"结账！"

我在递给他两百埃镑的同时，咽下一口口水，把心中憋着的一句话随之咽了下去："让你'一口价'！去算吧，看你什么时候才能算清应该找我75！"

事情好像正朝着我预判的方向发展。

四个店员聚在一起，头顶着头，脸挨着脸，手碰着手，一遍一遍翻看账本，迟迟不找零。

21　与花匠"讨价还价"

看一眼店门口等我、已经有点不耐烦的同伴，我强忍着对缓慢的结账过程的不满，催促花匠赶快找钱。

得到的答复是："一分钟！"

在埃及，有些人的时间观念还不太强，一分钟往往只是一个虚数，不能当真。

又等了几分钟，我按捺不住内心的焦躁悸动，再一次催促，答复仍然是"一分钟"！

我无奈地摇摇头，安抚同伴，"别着急！再耐心等一会儿。"

然而，恰在此时，四个花匠结束"会谈"，一人开始敲计算器，一人为我打包，一人去招呼其他顾客，另一人向我近前一步，带着谜之微笑。

"真对不起！刚才告诉你的价格不对！"他的笑容不是那种礼节性的简简单单微微一笑，让我一时有点看不透。

他是想多要我钱还是不想卖给我了？

"什么？！"我心中隐隐升腾起一团怒火。

说好的"一口价"呢？不是拒绝和我讨价还价吗？为什么到结算的时候变卦？！

"不好意思！"花匠满脸愧疚，满目真诚，"刚才我说错了，不是125，而是100。"

我一时语塞！直到他已经把100埃镑递到我手里，我还依然怔在那里，良久无语。

173

▲ 作者与本书阿拉伯语版译者之一娜妮合影

22　新一代的埃及母亲[①]

传统的埃及女性以全职主妇、相夫教子作为人生的全部。通常情况下，年轻女子无论家庭出身多么显赫，也无论受过多好的高等教育，即或婚前已经在男人独大的职场占据一席之地，然而一旦走进婚姻，往往就意味着退出社会舞台，全身心回归家庭。

现年37岁的穆萨和他漂亮的妻子蕾拉，基本属于一对传统夫妻。

21世纪初，开罗大学商学院新生开学的日子，穆萨邂逅蕾拉，两人一见钟情，陷入爱河，很快就开始谈婚论嫁。

双方"见家长"。蕾拉家境优渥，以庞大雄厚的家族实力、完整和谐的亲属关系居于绝对优势地位。穆萨则不然，

---

① 2018年5月14日成稿。

早在他的幼年时期，其母不同意其父违背婚前条款、打算娶第二个妻子的要求，导致夫妻关系走向破裂，小家解体。离婚后的母亲带着他回到娘家，过着"寄人篱下"的生活。为谋生路申请恢复了婚前的小学教师身份，母子二人以她微薄的教职收入艰难度日。

这桩门不当、户不对的婚事，遭到了蕾拉家族的坚决反对。但这对棒打不散的鸳鸯，她非他不嫁、他非她不娶，继续保持恋爱关系。

大学毕业后，品学兼优的蕾拉在父亲帮助下进入一家会计师事务所，顽强向上的穆萨则应聘到某中资企业。

蕾拉家族一次又一次安排她相亲，但均以蕾拉的"非暴力、不合作"无果而终。

蕾拉父亲眼瞅着女儿的同龄人结婚生子，再看着人家的孩子陆陆续续走进校门，而自己心爱的漂亮女儿依然初心不改并且即将青春不在，迫不得已主动约谈穆萨，最终在谈妥关于房子、车子、票子、孩子、娶几个妻子、怎么过日子等方方面面长达数十页的条款后，同意了两人的婚事。

那一年，蕾拉30岁，从业八年，已是圈内小有名气的会计师，收入不比穆萨低。

当时，穆萨家的经济实力做不到为他购买婚房，在结婚以后两年内小两口自主购买属于自己的房子，是婚姻条款之一。重新粉刷的出租屋成了小夫妻临时的新家，历经多年爱

22　新一代的埃及母亲

情长跑的一对佳人终于走到了一起。

然而，那份囊括了房子、车子、票子、孩子、娶几个妻子、怎么过日子等方方面面数十页条款的婚前协议，是多么沉重的负担！

鉴于我和穆萨的交情不算浅，为此真心替他俩发愁，忍不住多说了一句："结婚后你和蕾拉一起努力赚钱，苦日子很快就会过去！"

▼ 中资企业女员工　王广滨　供图

闻听此言，穆萨好像遇见了外星人一样，瞪大双眼看着我，"那怎么可以！她必须辞掉工作待在家里！"

"为什么？！"以我的文化背景，我憧憬着他俩婚后的幸福生活，不应该是夫妻双双辛勤劳动、千方百计开源节流缓解经济压力？

"她嫁给了我，就属于我，不能再抛头露面，除非我带她出去！"穆萨脱口而出的，是传统的埃及穆斯林夫妻关系。

"那你的经济压力多大啊！"房子、车子、票子、养孩子、过日子的开支，对于没有原生家庭支持作为经济后盾的穆萨来说绝不是一件小事。

"我娶她，就能养她；她嫁我，就要随我！"这种貌似强词夺理的说法，反倒一下子缩短了我们之间的心理差距。这不就是我国传统社会的"嫁鸡随鸡，嫁狗随狗"么？

中国女性不囿于"在家从父，出嫁从夫，夫死从子"传统观念，也还不足百年，甚至在有些边远地区仍然有不少姐妹由于各种各样的原因过着"大门不出，二门不迈"的日子。

"那她辞职后做什么？"我虽然理解了他们的选择，但有些担心她辞职以后的生活，禁不住追问。因为穆萨本来就已经很忙，随着中资企业在埃及项目合作的不断推进，以后可能会更忙，不可能有充足的时间与她长相厮守。留她一个人独守空房，岂不寂寞？

22 新一代的埃及母亲

"她也要工作！我在外工作，她在家工作。"穆萨毫不犹豫地说。

"她做什么工作？"我内心暗喜，脑子里立即闪现出热火朝天的家庭手工业作坊场景，期望得到的答案能如我所愿。

"她要照顾我！洗衣、做饭、搞卫生、生孩子！"

早就知道绝大多数埃及男子在家庭生活中向来是养尊处优，衣来伸手、饭来张口，油瓶倒了都不扶。但这话从我熟悉的穆萨嘴里说出来，还是令我无语。

就这样，蕾拉从职场白领变成了全职太太。婚后不足一

▼ 凤凰花开　韩兵　供图

年，他们有了第一个孩子，随后陆陆续续生了一个又一个。现在，结婚六年的蕾拉已经是四个孩子的母亲。

我明白，虽然蕾拉在恋爱过程中冲破了"父母之命，媒妁之言"的藩篱，但她婚后回归传统，成了一位典型的、循规蹈矩的埃及母亲。

传统生活方式的形成可能需要很多年，但打破之际可能就在朝夕间。我清楚地记得，2014年春天的某一天，开车上班的路上，当我看到养护公路的并非每天见到的那位男子，而是从头到脚被黑袍子包得严严实实并戴着面纱的女工时，禁不住心跳加速，好一阵狂喜！

我禁不住想掏手机，立即把这一情形抓拍下来。

▼ 开罗孤儿院来了中国妈妈　王广滨　供图

22　新一代的埃及母亲

然而，传统的穆斯林女性是不能被人拍照的，甚至曾经有好奇的游客因为把镜头对准了传统的埃及妇女而被女子的丈夫追打。那么，眼前这个令我万分激动的场景，难道也不能留下影像？

我的目的是记录历史，消除文化隔阂，必须拍！

但是，如果停下车和她去商量，非但被拒绝的可能性很大，而且还会打扰她的工作。

于是，我决定，偷拍！

在驶过她所在位置几十米、确认她已经很难追上我、即便追来我也能保证安全逃离的情况下，我靠边停车但脚不离刹车，激动地打开手机相机，对准后视镜中这位虽然容貌被黑袍黑纱完全遮住但有可能改写历史的养路女工，咔咔咔一阵狂拍，直到心满意足才喜滋滋松刹车继续前进，并立即把照片发送给了在埃及常驻多年的好友。

"你这照片哪儿来的？"如我所料，他的电话立即打过来，话音里充满探奇之意。

"刚拍的，她就在我身后，几百米！"我喜出望外，再次确认我真的见证了奇迹。

"太好了！以前从没见过埃及女人在大马路上工作！这是第一次！真了不起！"这位"老埃及"见此巨变，激动程度不逊于我。

此后不长的一段日子里，我一次又一次邂逅"第一"：

181

超市里的第一位女收银员，第一位推着满满一车货的女理货员，第一位女称重员……以及第一位出租车女司机！

从此，我逐渐适应了在各行业、各领域、各场景下都能遇见女性劳动者的情形，也从此觉得不管看见埃及女性有多拼，都不足为奇。

即便如此，那天晚上，当我在昏暗的楼道里撞见坐在楼梯口、抱着电脑疾敲键盘的她时，还是未能保持镇静。

吓着了？我承认，多少有一点儿，毕竟是在昏暗、空荡的楼道里，脚步匆匆的我没想到还有其他人。

看着她饱含歉意的笑脸，我抚住一时加快跳动的心，表达我的不满："你为什么坐在这儿？"

"对不起，我有太多的工作！"她的回答，以及她抱着电脑的样子，我仿佛看到了我自己！

"为什么不在家里工作？"我的语气已经和缓了许多。

"我要等孩子们放学，他们在这里。"她抬手指了一下紧挨楼梯口的教室。

霎时，一股暖流从我心底涌起，禁不住眼圈有些湿润。

我一时忘记了自己需要去加班处理堆积如山的工作，停下脚步和她闲聊。她告诉我，她有两个儿子，一个8岁，一个12岁。家住在40公里开外的十月六日城，每天开车带孩子来上课，来程一个多小时，上课3小时，回程一个多小时，加起来至少需要6小时……

22 新一代的埃及母亲

不知不觉已经到了放学时间。她收起电脑，迎接她的两个儿子走出教室。

看着夜色中母子三人回家路上的背影，我久久不能平静。

他们，反映了当前埃及的汉语热，是不是也代表着埃及的未来和希望？

遗憾的是，我居然忘了问她的名字。

话说，孩儿他爹呢？难道，埃及的女性解放，也将走上一条培育无数女汉子的老路？

盼埃及的父亲们早日行动起来，多多呵护新一代的埃及母亲。

▲ 夜色中的埃及母亲和她的儿子们

▲ 客居上海的阿努比斯神
李伟建　供图

23　阿努比斯神的后裔[1]

我不得不承认自己见识浅薄，因为如果不是住进这片居民区，我想不到自己会和流浪猫狗产生这么多交集。

从家到单位，要走一条"之"字形的路。说是"之字形"，其实不过一百米。

上班第一天，我就深切体会到，走完这一百米，着实不容易！

还没走出新家所在大楼，就被三只黑狗挡住了去路。

黑狗们占据了台阶前的防滑垫，或坐或卧，悠悠然舔着毛、拱着肚，俨若老婆孩子热炕头。

---

[1]　2018年9月28日成稿。阿努比斯，古埃及早期神话中太阳神的儿子，后逐渐演变为木乃伊制作神、法老亡灵的守护神。只有在阿努比斯的帮助下，死去的法老才能复活。

我并不怕狗，但却不由自主地停住了脚步。

很明显，我进入了黑狗家地盘。

初来乍到，如果贸然前行，会不会被黑狗们围攻？即便狗们不欺我，我强行通过会不会搅了狗家的幸福生活？

可是，这里是这幢大楼唯一的出口。

正当我彷徨犹豫之际，迎面走来一个穿长袍的男子，只见他在台阶前站定，冲黑狗一家发出一声低沉的呵斥。

黑狗们慢腾腾地从防滑垫上起立，伸个懒腰、松松筋骨，扭几步，让出我的路。

狗给人让路不足为奇，令我惊奇的是长袍男子呵斥狗的情形，居然如此平和有序！

难道，这些都是他家养的狗？

不应该！看黑狗们粗糙的毛色、瘦骨嶙峋的体态，完全没有一丝一毫家狗的气质。

或者，他，念了什么咒语？！

想到这里，我激灵一下子，禁不住多看他一眼。而他此时也正面带微笑看着我，对我招手，示意我先行，并指着黑狗们念念有词。我虽听不懂他说的话，但通过"色俩目""哈比比"等关键词，以及他率真的表情，外加黑狗们安安静静盯着我这个"新人"仔细打量、认真端详的神情，明白了他的意思。

他说，别怕，别怕，大家都是好朋友。

23　阿努比斯神的后裔

我微微一笑表示感谢,挥挥手走下台阶,终于算是走出了家门。

前行拐过一道弯,下一个路口就是目的地,还剩下几十米。当我依然还在揣摩男子与黑狗们的关系时,却被一阵轻轻的"喵"声打断了回忆。

循声望去,只见几只瘦弱的、看起来出生不久的小花猫,躲在路边车下,正以期盼的、楚楚可怜的眼神看着我。

我懂了,它们饿。

见我停住脚步,一只小猫从车底钻出,围着我连声"喵喵喵",加快了频率。

这可怎么办?我手里拿的,只有一串钥匙、一部手机!

▼ 惬意的狗狗们　王馨　供图

"实在对不起，下次，下次给你们吃的！"我确信，在埃及，这个喵星人的天堂，它们不会因我"不作为"而饿死。心里反复默念着"对不起"，我满怀愧疚，继续朝单位走去。

才只走几步，眼前晃过几道白影……几条白狗，正在聚集！

我，进入了白狗家领地！

安安静静的黑狗不可怕，饥饿求食的小猫不可怕，但眼前这群白狗，看起来似乎并不平静，它们正在组织活动！……我突然觉得毛骨悚然。

正当我呆愣在路边时，一位警察迎面走来，微笑着与我打招呼。

我指了指眼前这群白狗，朝他耸了耸肩。

但见他手一抬，变魔术般地吹出一个响指口哨。哨音刚落，刚刚聚集的白狗们四散。

终于，在警察的护送下，我走进了单位的大门。

万事开头难。

自从长袍男子、警察先生陪我完成了"上班第一走"，没几天我就熟悉了这段路。

我发现，家门口属于黑狗家族，中间一小段是猫咪的世界，单位旁边是白狗的地盘。

经反复观察，我确认这些猫狗都是"流浪者"，但周边居民和路过的每一个人，又都是他们的"主人"！

23　阿努比斯神的后裔

有一次，一位衣着光鲜的女士刚刚把车停稳，下车后还没来得及关好车门，就见两只黑狗朝她扑过去，吓得我一声尖叫。

手足无措之际，却见一只黑狗已经扑进她怀里，女子哈哈大笑着把它推开，眨眼间一人一狗成了四目相对、四"手"相握、四"脚"并立！

我，呆若木鸡。

确信眼前这一幕有惊无险，我拍了拍胸口，长长地舒了一口气。

就在此时，另一只没能与女子相拥的黑狗瞬间转向我，

▲ 阿努比斯的后裔

我尖叫着躲闪，下意识地抱紧自己！

黑狗一脸茫然。

此时的它，双腿站立，两只前爪在我面前高高举起……

简直快被吓破胆的我几近昏厥，但依稀记得自己眼前的两个狗爪子团成了肉垫，锋利的趾甲完全看不见……

等到我回过神来，找我"求抱抱"的黑狗已经悻悻离开，与伙伴一起，前呼后拥随女子而去。

我对女子心生羡慕，但从此却对黑狗们多了一份恐惧。

还有一次，楼下几个孩子在一起玩耍，不知何故两三岁的弟弟突然放声大哭。

四五岁的姐姐靠说、靠抱安抚不住，于是转身按住一条黑狗，弟弟哇哇大哭着跑过去，骑到黑狗身上，立即破涕为笑！

久而久之，我已经适应了与这些流浪猫狗抬头不见低头见的生活，出来进去总要多看它们几眼，偶尔也给它们一些吃的。

但是，我想不明白，埃及人民爱猫，因为猫是太阳神的女儿。爱狗，又是为什么呢？

很快，我撞见了答案。

那天早上六点，我出门去办公室加班。

埃及人民的生活习惯是晚睡晚起，所以，那一刻大街上只有我轻快的脚步声。

23　阿努比斯神的后裔

没走几步,突觉身边异动。

正在车顶酣睡的黑狗被我惊醒!

此时的它,睡眼蒙眬,但刚一看到我,就迅即转呈大咖范儿,摆出阿努比斯状!

我大喜!

天呐!

这一刻,我茅塞顿开,不由得肃然起敬。

原来,它是阿努比斯神的后裔!

▲ 易卜拉欣先生

24 "他的名字叫埃及"[①]

不得不说，连日的加班令我手忙脚乱。

好不容易盼到了国庆长假，但准备开始休假、储备食品的时候已是10月2日晚9点。

匆匆忙忙购物、装车……回家、卸车已过10点。

此时，我头皮一紧：钱包还挂在超市购物车上！

紧踩油门，一路狂奔回超市！

空旷的路上黑咕隆咚，已是夜半。

我本能地幻想出一个"现实"：无论什么人，在这沉沉夜色中捡到一个小小的钱包，都能在夜幕掩盖下悄悄装进自己的衣兜。除了天知、地知、他自己知，没人能知道！

我的钱包，凶多吉少！

---

① 2018年10月2日成稿。

"一带一路"上的埃及故事

其实，钱包里并没有多少钱，但里面有我工作证、驾驶证，还有最丢不起的、装在旧手机里的国内手机卡！

钱可以不要，证件可以补，但是，国内手机卡怎么补呢？……

想到后果，我脑子里一片空白。

额头、后背已经爬满了冷汗。

抱着一线希望，终于来到停车场。

此时已近闭店时分。停车场上只剩三两辆车，除了我和着工装、正在回收购物车的管理员，再没有别人。

我快步如飞地冲到我先前放购物车的区域，已经空无一物。

会不会记错了位置？

我前后左右到处找，但遍寻不见。

看着眼前空荡荡的停车场，我断定，如果我的钱包已经被人在夜幕中顺手牵羊，现在早已踪迹全无，找回的希望渺茫。

然而，黑漆漆的夜，对钱包岂不也是一种保护！急着回家的顾客，不一定就那么巧刚好看见它，并顺手摘走。

那么，眼前这位依然在忙碌的红衣男子……回收顾客用完的、当时还挂着我钱包的购物车，是他的职责！

我心大喜！

我的钱包，十有八九在他手里！

我擦一把头上的冷汗，呼口气，喜滋滋朝他走过去。

24　"他的名字叫埃及"

"我的钱包刚才挂在这儿,您见到了?"我指了一下此前挂钱包的位置。

"在哪儿?"他用疑惑的眼神看着我。

这语气,意思是,他没捡到?!

我的心突然一下子又跌回了谷底。

我连忙指给他看我当时停车的位置、放购物车的位置、挂钱包的位置,又絮絮叨叨告诉他钱包里有什么、对我有多重要……语言不通,我的话他不能全懂。但我相信,通过我的神情,他已经完全理解了眼前发生了什么,也明白此时此刻我的心情。

"在哪儿呢?"他一脸茫然,在我指认的位置团团转,面露焦灼。

俗话说,疑心生暗鬼。他越着急,我越觉得他可疑。想象着他捡了我的钱包却不承认,手足无措、心乱如麻的我,被激发出了心底所有的丑陋、不善良,甚至恶!

在我看来,他职责所在。一旦我的钱包找不回来,他的嫌疑,跳进黄河、尼罗河、什么河都洗不清!

别想躲!

我已经暗自揣测钱包里的美元、埃镑相当于他多长时间的收入,想着他是不是喜欢我的旧手机,然后就是,我的证件和手机卡,他会扔到哪里?

可是,毕竟人心向善。当我见他走向刚刚整理成一大长

195

串儿、准备入库的购物车,然后一辆一辆再把它们重新分开,逐一仔细排查,刹那间我又心生感激,夹带着一些愧意。

那么,他也着急,到底是想昧了我的钱包,还是急于自证清白?

我一时猜不透。

但无论如何,他一时无法摆脱嫌疑。

如不出所料,他是拾主,怎么才能让他既体面又愉快地把手机卡和证件还给我?

钱包里的钱全归他,如果不够,也可以把买机票的钱折

▼ 钱包失而复得之地　李雪妍　供图

24 "他的名字叫埃及"

现，作为对他的奖励！

当我依然将他设定为假想拾主，绞尽脑汁想对策时，他已经折回到了我面前，遗憾地看着我，耸耸肩，说出了我最不想听到的"No"……

我想，完了！

埃及人"面子"比天大。即便他真的捡了我的钱包，再让他自食其言还给我，面子上也下不来。

如果不出意外，我已经没有了拿回钱包的机会。

厚重的绝望，是那一刻我最真切的感受。

当我正在考虑报警是不是有用的时候，一中年男子笑眯眯从商场走出来。只见他和购物车管理员比画着，以阿语交流着什么。

接下来，我简直不敢相信自己的眼睛：中年男子打出一个手势，招呼我过去！

他要干什么？

我想，反正最坏的结果就是钱包找不回来，而且已经发生，任何变化都不会比现在更糟糕，跟他去！

就这样，我随他返回了安检处。

安检处的两个人见我们走进来，相视一笑。

女安检员从男同事手里接过一物。

顿时，我眼前一亮！

那不正是我的钱包！

女安检员笑嘻嘻地打开钱包，比对证件后再把钱包递给我，腾出的两手，顺势比画了一个我泪流满面的动作……

此时，我百感交集！

是喜？是忧？是愧？

五味杂陈，说不清。

少许，安检员表示马上闭店，我连忙从钱包里掏出几张大面值纸币，递到他们手里。女安检员连声说"No"，就连购物车管理员也毫不犹豫地拒绝了我。

拿着被拒收的钱，我又一次不知所措。

我不理解，他们为我做了很多，理应得到小费，而且安检员的收入并不高，购物车管理员的主要收入本来就是帮顾客推车的小费，为什么却执意拒收这份钱？

来不及多想，因为中年男子已含笑走出商场。

我赶紧追过去，"先生，请问您叫什么名字？"

"易卜拉欣！"他一边启动那辆在停车场孤独等候、看起来颇有些年头的"老爷车"，一边朝我挥手致意，"享受你的埃及！"

当我还想要他的电话号码时，易卜拉欣的"老爷车"已经驶进夜幕。

在埃及，易卜拉欣是一个常见的男子名，叫易卜拉欣的人至少有几百万。仅凭这一线索，想在茫茫人海中找到他，无异于大海捞针！

24 "他的名字叫埃及"

一想到我还没有正式向易卜拉欣先生表示感谢,我的心里空落落的。

试试社交媒体?

于是,我在脸书发照片,讲述了我和易卜拉欣的故事,寻找认识易卜拉欣的人。

迅即引发大量互动,点赞、大爱、评论。

留言大致有两类。

其一,"不用客气,这里是埃及!"

其二,"不用找了,他就在埃及!"

一直等到国庆节假期结束,我没能得到对寻找易卜拉欣先生有帮助的任何线索。

一上班,我迫不及待地跑到埃及同事的办公室,寻求她的帮助。

她一边听我讲,一边嘻嘻笑,随后说:"别找了!在埃及,这样的人很多。不用叫他易卜拉欣,他的名字叫埃及!"

▲ 迎接汉语桥比赛的埃及学生

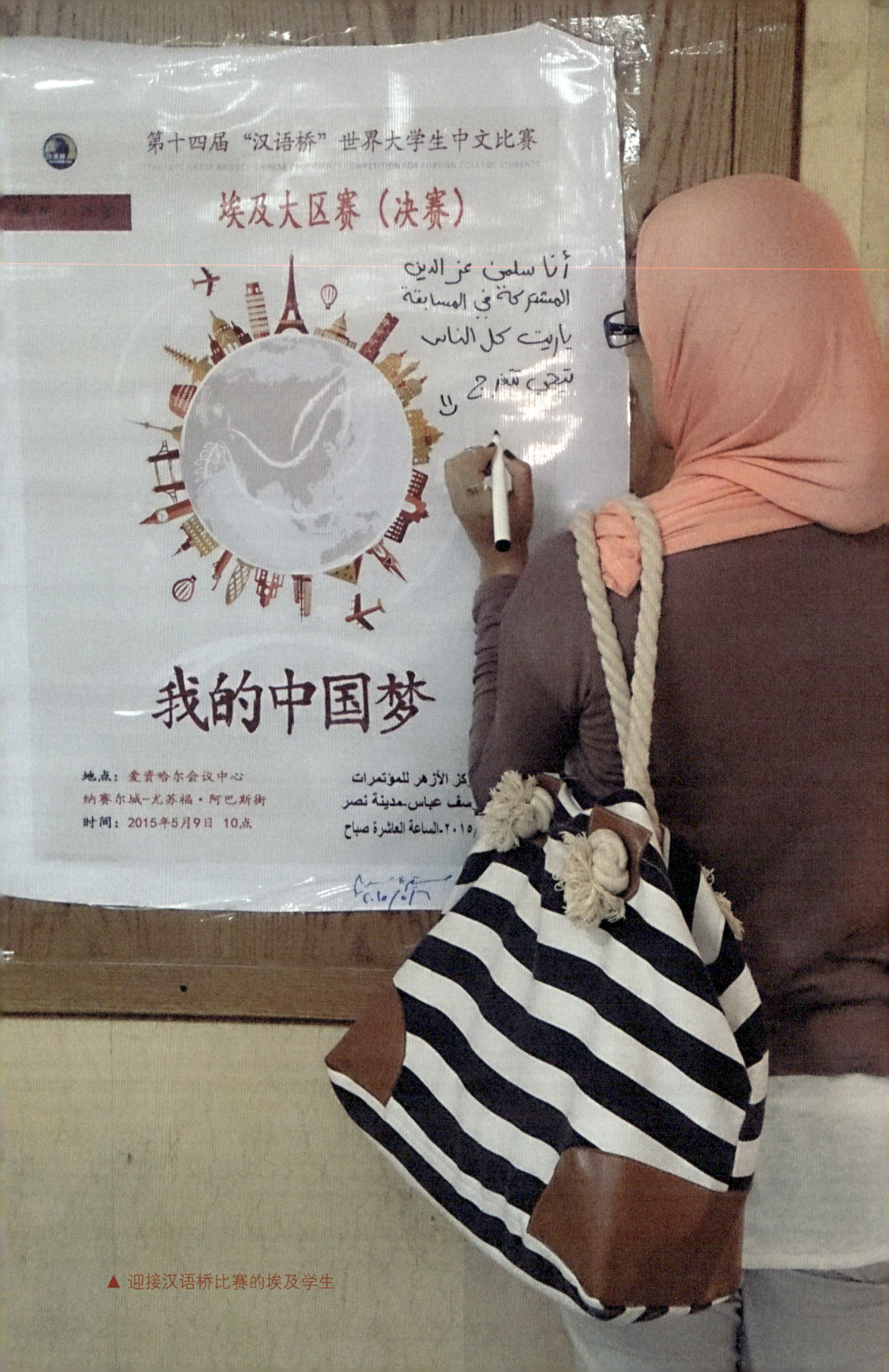

25　伊斯兰姆求学记[1]

那一天我隔着人群喊我的埃及同事伊斯兰姆，急着等他救急的我喊出来的声音又响亮又急促。

"伊斯兰姆！"

"啊呦哇！"[2]

回应我的，是包括我同事伊斯兰姆在内的、如交响乐般的合奏！

我刚才那么一喊，确实有点儿唐突了，疏忽了埃及的"伊斯兰姆"有很多，仅我的学生就有好几个。

21岁的伊斯兰姆来自曼苏拉大学，现在是一名大四的学

---

[1]　2018年11月14日成稿。
[2]　阿拉伯语的回答声。

生。

初见伊斯兰姆时的情形,至今仍历历在目。那是2017年冬天,新学期汉语班招生的日子,他来时招生名额已满。正忙着整理厚厚的报名材料、准备结束工作的我,例行公事表示回绝:"真对不起,报满了,三个月以后再来!"

"老师,拜托!"他用颤抖的声音发出恳求,饱含浓烈的渴望,直戳我心底。

我放下手里的工作,抬头看着眼前这个小伙儿,只见他满头大汗、神色紧张、目光失落。

我微笑着递给他一张纸巾,示意他先擦一把汗,轻声安抚:"三个月很快就会过去,再报名的时候早点来!"

我强调"早点来",事出有因,完全出于好意。每到报名的日子,我们的门前,从早上五六点钟就已经排起长队,来自四面八方的一大群人,争抢几十个学习名额。

"老师,我一直报不上名,这是第三次!"说这话时,他已带着哭音。正在擦汗的手,悄悄抹了一把眼睛。

我的心沉了一下。悲他的悲,怨我的无力,愧自己虽为人师但却无法满足他的求知欲。

"王老师,您知道他从哪里来吗?"此时,站在旁边的、我的埃及同事伊斯兰姆插言。

我一听,这话背后,有故事。

"从哪里来?"我鼓励他继续说下去。

25　伊斯兰姆求学记

"他的家在曼苏拉，离开罗200多公里！"

我虽然做好了"听故事"的思想准备，但"200多公里"，还是令我一震。单程200多公里，往返400多公里，就为了上三个小时的汉语课，这得需要什么样的决心、意志和体力！

我转头再看伊斯兰姆，难怪他身形疲惫、大汗淋漓！

"你是怎么来的？"我忍不住想对他多一些了解。

"坐巴士和地铁。"他平静的语气，让我以为开罗和曼苏拉之间有很发达的城市交通。

"换一次车就可以吗？"我希望得到确认。

然而，他没能立即做答，而是掰着手指头，一、二、三……"换四次！"

接下来，他向我们解释了上学的旅途：从家或者学校步行到小巴站，坐市内小巴到曼苏拉长途汽车站，然后改乘到开罗的城际巴士，抵达开罗后换乘地铁，出地铁吉萨站后再乘开罗市区小巴，下车后步行……

"你……路上需要多长时间？"我有些口吃，因为此时此刻我的心情难以言表，有欣喜、有感动，还有丝丝缕缕的痛。

"三四个小时吧。"他的回答，貌似若无其事！

然而，我想，如果换做我，这么远的路，来一次两次可以，长此以往如何能坚持！……我暗自计算他的时间成本，

"一带一路"上的埃及故事

▲ 从 200 公里远的曼苏拉来开罗求学的中文导游

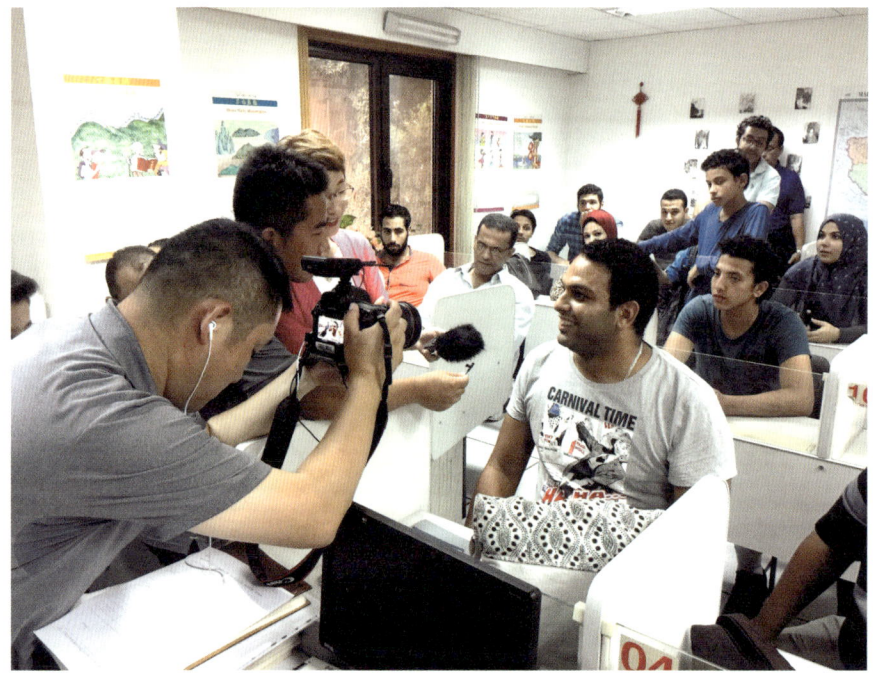

▲ 勤奋好学的埃及青年

毕竟，每天只有24小时。难道，他要不就在学汉语，要不就在来学汉语的路上？！

对了，除了时间，还有钱！

"你来一次的路费是多少？"对于在校生而言，我深知两个城市之间的往返交通费不是一个小数目。而且，家比较远的学员，已经有人由于公交涨价而停学。

闻听此言，他略显尴尬地耸了耸肩，"还可以，我可以少吃饭、少花别的钱！"

他的回答，让在场所有的人都陷入了沉默。

"你能坚持吗？会很累，而且路费很贵！"我的问话显得很多余。

"没问题！"

就这样，伊斯兰姆成了我的学生，经常迟到，偶尔请假，但多数时候他从自己的大学逃课，披星戴月赶到200多公里远的地方学习汉语。

"你总不上学校的课，老师同意吗？别等到了最后不让你毕业！"我确实担心他的学业。

"好朋友替我签到。"此时的他满脸羞愧并急于辩解，"但只是偶尔，不是经常！"

"你要好好和老师解释，不上课一定要请假！"我念念不忘尊师敬长、遵纪守法教育。

"请假的时候，就说你要去趟洗手间，顺便去开罗上个

"一带一路"上的埃及故事

课！"调皮的同学在一旁接茬打趣。

这个"顺便",引发哄堂大笑！

转眼之间,伊斯兰姆已经学汉语两年,也到了快要大学毕业的时候。

"老师,再有几天我要去服兵役！"那一天,可能由于中转顺利或者路上不太堵,伊斯兰姆到教室比较早,和我闲聊。

"那你的汉语可能会退步！"我直言快语。

"我也担心！但是怎么办呢？"他有些无助。

"多听录音,坚持学习！"我先是给出老一套办法,但突然间脑子里灵光乍现,"到时,你还可以想象着和中国士兵在一起,同吃同住同训练,每天说汉语！"

◀ "还有这么多人等着报名"

25　伊斯兰姆求学记

"好主意！"他消除了烦恼，喜上眉梢。

我想，有一天，伊斯兰姆会不会成为一名精通汉语的埃及将军？

除了这个伊斯兰姆，还有几个也令人印象极为深刻。

35岁的伊斯兰姆是一位职业导游，已有十多年的从业经验。

"老师，您看我的导游资格证！"他带着夸张的表情、炫耀的口吻，向我展示他的导游证。"这里写着阿拉伯语、英语、法语、德语、西班牙语……您可以数一数，几种语言？七种！"

"太厉害了，真了不起！"我不禁竖起大拇指，表示由衷钦佩，因为他是我认识的、掌握语种最多的人。

"但是，在这里，就在这里！"他指着导游证上标注语种的位置，"我要加上汉语，必须加上汉语！"

"好啊，加油！"我积极鼓励。

"老师，那您必须帮我，让我跟您上导游课！"原来，他在这里等我。

"导游课有点难，需要有汉语基础。你还不懂汉语，需要先从基础开始学习！"我为他指明了努力的方向。

"基础汉语对我没用，我只需要学习导游汉语！"他强词夺理。

"那你试着读一下这个，"我翻出带有门农巨像插图的

汉语导游课阅读材料，"如果你能读几句，我就同意你到导游班学习。"

"这个雕像在卢克索！"他指着门农巨像，避重就轻，装作看不见任何文字的样子，"我可以用七种语言讲给您听！"

我一下子被他逗笑了，"我想听汉语的，可以吗？"

他的笑容瞬间凝固，"……这个，需要您教我！"

"好的！"我拍拍他的肩膀，"但是，你要从初级班开始。好好学习！"

从那以后，伊斯兰姆忙里偷闲来上汉语课，但总是三天打鱼，两天晒网。

我问他为什么不多来上课，他皱着眉头、撇着嘴，苦笑着解释："老师，我有四个孩子，四个！他们很能吃！"

我哭笑不得。

这位信誓旦旦要把汉语写进自己的导游资格证、列为第八种工作语言的伊斯兰姆，不知何时才能如愿？

年过半百的伊斯兰姆是一名公务员，他14岁的儿子也叫伊斯兰姆，父子俩是汉语班的同学。

我问他为什么要让儿子学汉语，而且还和儿子一起学，他的回答令我刮目相看："21世纪是中国的世纪。不懂汉语，将来不可能有好日子！"

14岁的伊斯兰姆决心高中毕业后到清华大学留学，和中

25　伊斯兰姆求学记

国同学一起学习计算机与通信工程，为此学习汉语很努力。

年过半百的伊斯兰姆也很努力。有一天，他专门找到我。

"教授，听说您也是博士，您能帮我完成我的研究吗？"

"您研究什么？"有了此前对导游们盲目承诺的教训，此时的我不敢擅自回答"没问题"。

"我从2013年开始研究习近平治国理政，知道中国人从古代思想里得到了很多。古埃及和古中国有些思想是相通的，我想学习中国，找到古埃及治国思想的当代价值……就像我们用古埃及技术发展了制药和化学工业一样……我懂古

▼ 深夜苦读

"一带一路"上的埃及故事

埃及象形文字……我已经学习了这本书[①]第一册、第二册的阿语版，现在准备试着读汉语版……"

"您多大了？"

"50岁……我确实已经太老了，但是我不怕困难！"他面露羞色，但满眼坚毅。

为了进一步争取我的支持，他掏出手机向我展示支撑他观点的系列图片，只见这些图片上全是密密麻麻的图案和象形文字符号，即便我已经在努力研究埃及学，但距离读懂这些内容并从中找出与古中国文化的相通之处……那差距，岂止十万八千里！

我嗫嚅一声："这，我不懂啊！"像是给他的答复，但更像是自语。

"老师，您一定知道西安的兵马俑，您看这个，像不像兵马俑的战车？！"他有点急，迅速从一般推论回到具体，指着壁画中的一辆战车，努力守护自己的研究假设。

我并非不忍心打消他的积极性，而是觉得古埃及文明、古中华文明神秘莫测、博大精深，谁能肯定几千年前中埃两国人民的祖先曾经经历过什么？于是，我模棱两可地点了点头，"嗯，确实有点像！"

"真的吗？我的发现是对的？！"伊斯兰姆刹那间喜形

[①] 《习近平谈治国理政》，平时放在教室讲台上。

25 伊斯兰姆求学记

于色,眼中的迷惘顿时抛到了九霄云外。

就在他拿着手机快步走开,貌似迫不及待去找人分享这一喜悦的时候,还不忘回头叮嘱、拜托:"老师,您一定要帮我!"

说实话,在这个问题上我很难帮到他,但真心期待他在探索真知的路上坚持走下去,并有所收获。

在埃及,伊斯兰姆还有很多。他们爱汉语、爱中国,把自己的希望和未来与中国的发展及中国人民紧紧联结在一起,发奋努力,勤学苦读,一同奏响中埃友好交流与合作的动人旋律。

▶ 2017年10月12日在萨维文化中心宣讲 齐正军 供图

▲ 纳瑟尔医生

26 我的埃及药神[1]

在外常驻最怕的就是得病。有一次我不小心崴了脚,一位"老外交"对我厉声"呵斥":"出门在外放个屁都怕砸了脚后跟,你居然敢崴脚!"他这虚张声势的模样,让我读到了满满的爱,也品出了远在异乡、语言不通、文化迥异的环境里,寻医问药有多痛!

埃及虽然是非洲地区医药卫生领域的高地,但我自己就医或陪同他人就医的几次经历,却至今令我后怕,细思极恐。

女儿的脚趾甲需要取样做个化验,实验室的医生拿着一把大钳子,把原本一把小锉子就可以完成的动作,几乎变成了外科手术。十指连心,脚趾也连心!女儿凄厉的惨叫声,响彻整个楼道。

---

[1] 2019年3月4日成稿。

"一带一路"上的埃及故事

同事肠穿孔，在国内可能只需要做一个微创手术，但我见她的伤口，却是整个腹部自上而下、在肚脐位置拐了个弯的贯穿伤！

我牙疼，牙医一边嘻嘻哈哈和我聊天，一边为我做治疗，然后告诉我"好了，一会儿就不疼了"。果然，多日不愈的牙疼真的一会儿就停了！我立时觉得这位医生的医术高超绝顶。然几个小时后，麻药劲儿一过，又恢复疼痛如初。他，这是给我用了多少麻醉剂！……

就这样，触目惊心的现实，让我对就医心生畏惧。

然而，世事难料。屋漏偏遭连阴雨，怕什么来什么。

记得去年开斋节长假，我自认为得了重感冒，但家里已经没了维C银翘片、板蓝根、感冒冲剂。最终，畏惧心理败给了高烧的体温。我踉踉跄跄下楼，寻医问药求帮助。

开斋节是埃及的法定假日、穆斯林的重大节日，通常情况下医生是不上班的，甚至有些药店也不开门。

我能买到药吗？能不能找到一位勤勉的、重大节日仍在加班的医生？

楼下的小药店果然没开门，只好求导航软件帮忙，找到了另一家就近的药店。一进门，只有一个店员模样的小伙子。

"你好，有医生吗？"我虽问，但其实并不抱什么希望。

"有！"他的回答令我大喜。

"在哪里？"

26　我的埃及药神

"在祈祷。"

"还需要多久？"

"刚开始，大概需要五分钟。"……

于是，我悄悄退出药店，计划五分钟后再来。令我没想到的是，医生大概听到了我们的谈话，立即停止了祈祷，并安排店员到店门口把我请回了店里！

坐定，他耐心细致地询问我的病情，为我做检查，然后告诉我："你可以不吃药，多喝水，三五天就好了……"

▲ 纳瑟尔药店及周边

我一时愣住了，简直不敢相信自己听到的是真的。

难道，他不是卖药的？

或者，他不是这个药店的主人？

甚至，他和这个药店的主人有仇？！

但是，从他慈爱的面孔、慈祥的笑容里，我读懂了眼前的情形，很快就推翻了自己所有的假设。

他，只是一位不轻易卖药的医生！

对此，我备感欣慰，相当满足！

但转而一想，我是拖着病体、强打精神来寻医问药的，总不能接受这位医生的建议一分钱不花，回家自己喝热水！

于是，我反复提示医生我应该吃点药。经我一再恳求，最终他拿给我一袋利咽含片，总价10埃镑，人民币不到4块钱。

初次相识，这位医生就给我留下了极为深刻的印象。离店时我问他的名字，他笑着告诉我，他叫纳瑟尔，随后还不忘叮嘱一句"一定要多喝热水"！

就这样，短短几分钟的交流，令我此前对寻医问药的恐惧感消除了一大半。

我暗自猜测，纳瑟尔医生是不是常人？

前段时间，我因咳嗽多日，不得不再次去了医院。医生为我开了处方，告诉我先服用一星期的抗生素。

拿着这个处方，我来到纳瑟尔医生的药店，遵医嘱购药。

26 我的埃及药神

他先是微笑着问我："你怎么啦？"然后耐心听我描述病情，经反复询问、确认对症后，才把这个处方上的药卖给了我。

这次购药总价100多埃镑，我心里多多少少有些安慰，总算为纳瑟尔医生提高营业额做出了一点贡献。

服药一周后，症状并未完全消除。为排除隐患，我主动去专门的医学影像中心，拍了个X线片。

拿到检测报告，我和同事们一起反反复复研究那些生僻的单词，多方"会诊"，得出结论：我仍然有轻度的支气管炎。

于是，我决定再访纳瑟尔医生，打算再买些消炎药，以便早日彻底康复。

纳瑟尔医生看着我手里的旧处方，并不给我拿药，而是满含微笑问我，"你还没痊愈吗？还要买这个药？"

我断定，如果我拿不出更强有力的证据证明我确实有病，需要吃药，纳瑟尔医生是不会卖给我药的。于是，我从背包里掏出来了我认为是"绝杀"的、经我和同事们断定我仍然有病的X线片及其检测报告。

他接过X线片，对着灯光认真研究，仔细比对检测报告。比了又比、看了又看，告诉我，"你已经不需要再吃药了！"

我，一脸茫然。

事实上，我确实仍有轻微咳嗽并伴有隐隐的胸口疼痛。

而且，我是专门来买药的，怎么能不消费就走呢？

绝不能无功而返！

见我求药心切，纳瑟尔医生带着助理，沿着摆放药品的架子，转了一圈儿又一圈儿，好一会儿才拿给我一盒片剂、一盒糖浆，告诉我，"这些都不是抗生素，对你没有伤害。"

我再次被惊呆！

什么意思？难道是，你吃吧吃吧，一定要吃也可以，反正吃多也没事？！

我结账，总价38埃镑，相当于人民币不足15块钱。

纳瑟尔医生可能是看懂了我狐疑的表情，于是对我进行"话聊"，他告诉我，长期服用抗生素无益，要多锻炼，注意休息……

正在这时，一位年轻母亲带孩子推门进来，和纳瑟尔医生打招呼，我们的聊天被打断。

只见这位母亲，手里拿着0.5埃镑硬币，念念有词轻轻递到纳瑟尔医生手里。我只听懂了她最后一句话：谢谢您。

0.5埃镑，人民币不到两毛钱，如此隆重的交接仪式，什么情况？

看着我迷惑的眼神，纳瑟尔医生解释道，她刚才来买药时少带了0.5埃镑，现在专门送了过来。

这听起来非常合理的"欠债还钱"，却愈发令我感到震惊！

26　我的埃及药神

这是因为，现时一枚鸡蛋的价格已经超过两埃镑，这一时期的0.5埃镑，在各种交易中，人们都已不屑于找零！

她带的钱不够，纳瑟尔医生并没有为她抹掉这0.5埃镑零头；她欠钱及时还，把这0.5埃镑欠款专程送回来！

这说明，这笔交易的毛利，已经低到了什么程度！

此情此景，让我确信纳瑟尔医生绝不是凡人！

再次和纳瑟尔医生打交道，是我远在中国，通过WhatsApp联系他，问他有没有一种产自欧洲某知名厂家的药。

纳瑟尔医生很快告诉我，他的店里没有，但是他会在其他地方帮我找一找。

过了几天，我通过其他渠道确认这种药品尚未进入埃及市场。与此同时，纳瑟尔医生也联系我，告诉我这个药在全埃及都还没有卖，不过他在一家网店发现了该药的链接，但致电查询时网店却说暂时缺货。

接下来，他问我，"你一定要用这个药吗？"

我从治疗效果、药物副作用等方面对他做出解释。

"实际上，我有另外一个厂家的药，疗效相同，但却便宜很多……"

闻听此言，我毅然断定，他就是我的埃及药神！

▲ 同甘共苦的好伙伴　齐志军　供图

27 "杰弗瑞舞"[1]

"杰弗瑞！杰弗瑞！杰弗瑞！……"

在杰弗瑞离开埃及后几个月的时间内，楼下几个孩子每每见到我，总是一下子奔过来，高呼着"杰弗瑞"，蹦着跳着围着我转圈，转了一圈又一圈。

久而久之，我给这一场景取了个名字，叫"杰弗瑞舞"。

孩子们念念不忘的这个"杰弗瑞"，是我同事的儿子，他两岁多随父母来埃及常驻，五岁多随父母离任回国。

我不清楚杰弗瑞究竟是如何向他的小伙伴们辞行的，但自从他离开埃及，这些和他朝夕相处三年多的孩子们，就开始围着我跳"杰弗瑞舞"。

---

[1] 初稿完成于2019年10月中旬。

当我住进他家对门的时候，杰弗瑞已经在埃及生活了近两年，刚过四岁生日。

我发现，小杰弗瑞乖巧可爱，格外懂事，有时看起来甚至"少年老成"。

在我们这个十几个人的团队中，只有他一个幼儿。忙碌是我们团队的常态，这对于一个三四岁的孩子来说，无疑是无趣的。为了引起我们的注意，杰弗瑞总是想方设法"帮助"我们工作，以求赢得一两句专门说给他的、他能听得懂的话。

然而，我们每个人不约而同说的最多的，可能是完全相同的一句："杰弗瑞听话，自己玩儿，我正忙着呢！"

每一粒种子，在合适的条件下终会发芽。

有一天，我晚上十点多回到宿舍，只见杰弗瑞家大门敞开着，灯火通明，只有他一个人在床上搭积木，不见他父母。

看着这形只影单、孤零零的小人儿，我心一酸，赶紧凑过去搭讪。

"杰弗瑞，能不能和我玩儿啊？"

"不能！"他的回答毅然决然。

"为什么呀？"我继续试图拉近我们之间的距离，尽我所能给他一点温暖。

"我正忙着呢！"

说这话的时候，他头也不抬。

27 "杰弗瑞舞"

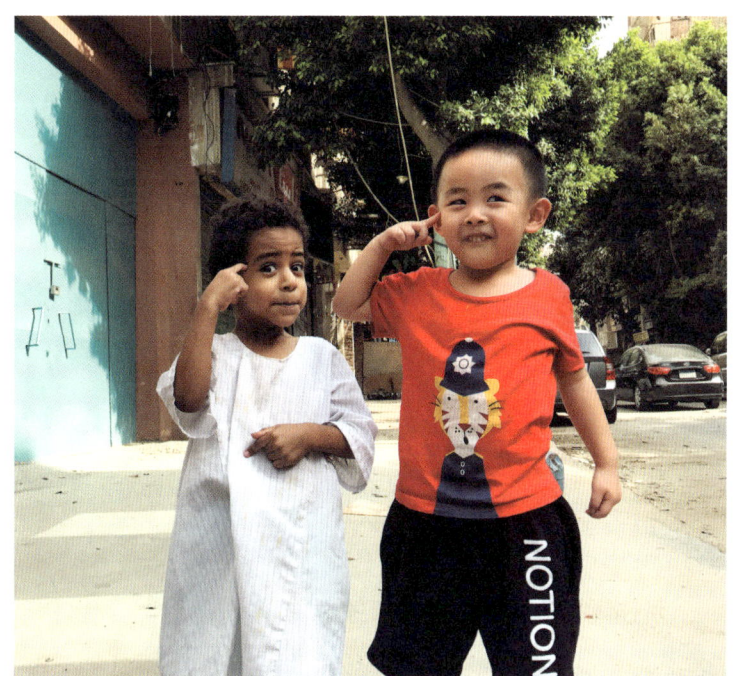

▶ 步调一致的杰弗瑞（右）和他的好兄弟　齐正军　供图

这次遭遇，令我决心想方设法多抽出点时间来陪他。

和多数急于赢得小孩儿好感的大人一样，我的套路也是"买糖吃"。

"杰弗瑞，想吃什么？你自己拿！"我带他走进楼下的小超市，一副财大气粗的样子。

只见杰弗瑞轻车熟路，拿了几种不同口味的膨化食品。想到他父母鄙视膨化食品的眼神，我本想阻止，但转念一想，这毕竟是我第一次试图对杰弗瑞"收买人心"，豁出去了！

拿着这几袋小食品，我们愉快地往回走。刚一进门厅，几个小伙伴迅速奔来，只见杰弗瑞手脚利落，递出一袋又一袋，刚好自己只剩下一袋。

我恍然大悟，原来，杰弗瑞并不是贪吃为自己多买，而是算好了需要分给几个人！

由于没有同龄的中国孩子为伴，杰弗瑞的童趣，自然而然转向了这些埃及小伙伴。

见多了杰弗瑞和小伙伴们一起玩耍的场景，我发现，孩子们之间的交流是不需要语言的，嬉戏打闹是最好的沟通方式。他们一起骑车，一起玩滑板，一起做游戏……我为此欣慰，这和谐的画卷，岂不是中埃友好的剪影？

然而，有一天，在格外欢快的情境中，我发现了令我无法接受的镜头：他们全都光着脚丫儿，围着小穆罕默德，分吃他举在手里的一块冰激凌，你舔一口、我舔一口，然后甜甜地、满意地、陶醉地笑！

"杰弗瑞！"我一急，不由得大喝一声。

和谐愉快的画面瞬间被我打碎，几个孩子都抬头，不解地看着我。

看着他们无邪的、惊异的眼神，我备觉尴尬，迅速恢复"微笑阿姨"的标准语气和神态。

"杰弗瑞……你不能光脚丫儿！"无论我的语气多么柔和，笑容多么慈爱，说出的内容却是命令！

"为什么？"杰弗瑞皱着眉头，很是不解。

"因为……要讲卫生啊！地下很脏，而且很凉，还容易

27 "杰弗瑞舞"

▲ 好兄弟共度开斋节　王广滨　供图

扎破脚……"我想一口气把理由说完全、说充分，以便让他迅速穿上鞋。

"那……弟弟怎么不穿鞋呢？"

"因为，我们有不同的生活习惯，你是中国孩子！"我一时找不到合适的措辞，给出的理由貌似高屋建瓴。

"不！我不是中国孩子，我是埃及孩子！"杰弗瑞怒目圆睁，捍卫他的立场。

"杰弗瑞，你不是埃及孩子，你是中国孩子，我们的家在中国！"

225

"你说的不对！我的家在开罗，外婆的家才在中国！"他是高喊着说出这句话的。看这样子，如果我再继续说什么，很可能要和我殊死一搏。

我强咽下了那句"不要吃别人吃过的东西"。

当晚，我向杰弗瑞父母描述了我见到的情形，我们相视苦笑：这问题，着实愁人！

要想给杰弗瑞一个快乐的童年，在远离家乡、没有中国小朋友陪伴的情况下，就必须让他融入当地孩子的生活。

要想和埃及小伙伴一起愉快地玩耍，就必须接受他们的生活习惯和交往方式。你一口、我一口与好朋友分享美食和水，对于埃及成年人来说都属于再平常不过的事情，怎么能阻止得住孩子？

"能不能送给他们新毛巾、新香皂？"杰弗瑞的母亲突然灵机一动。

"好主意！让杰弗瑞送！"这一刻，如同拨云见日，我们高度赞同。

项目实施的第一步是培训杰弗瑞。杰弗瑞的母亲责无旁贷担当主力，我们每个人都默契配合，一遍又一遍告诉他，我们是中国人，你是中国孩子！中国孩子要做好榜样，穿戴要整洁、勤洗手、讲卫生……

"我要告诉弟弟吗？"杰弗瑞和他的穆罕默德弟弟一起长大，感情很深，"当榜样"的好事绝不会落下他。

27 "杰弗瑞舞"

"对啊！你要教会弟弟，做一个讲卫生的孩子！"

于是，杰弗瑞把新毛巾、新香皂分给了小穆罕默德和他的伙伴们，告诉他们不能光脚出家门，也要把手洗香香、擦干净。

从那以后，我几乎再没看到杰弗瑞的小伙伴们光脚丫儿在大街上跑，有几次，小穆罕默德还专门把看起来刚刚洗过的小手伸到我面前，示意我闻一闻他手上的香味儿！

我想，今天，他们能改变个人卫生习惯，明天就会有意识地改善公共卫生环境。终有一日，门前这条堆满垃圾的街

▼ 好朋友再相聚　乌麦伊麦　供图

"一带一路"上的埃及故事

道,也会变得干净整洁。那时,我们的小杰弗瑞功不可没!

有一天,"杰弗瑞舞"突然停跳了。

事出有因。我不是像平日里那样一个人出现,而是牵着四岁的九九。

九九也是我同事的孩子,利用假期来开罗探亲。

当我和九九手牵手走下台阶时,正在楼前玩耍的"舞者"们没有像平时那样迅速围拢过来,而是瞪大眼睛看着我

▼ 齐唱《菲哈哈哥嗨鹿哇》　齐正军　供图

27 "杰弗瑞舞"

们,看一眼九九,看一眼我,最终目不转睛地看着他,仔细端详,满怀期待,面露惊喜。

我会心一笑,低头告诉九九,"走,我们去认识新朋友!"

我带九九走近几位"舞者",示意他主动打招呼。

九九抬起小手,摇一摇,像模像样地自我介绍,"哈喽,大家好,我叫九九!"

从"杰弗瑞的弟弟"变身为"九九的哥哥",小穆罕默德俨然变成了社交达人,满脸憨笑,迅速递出自己的右手,

▶ 九九和初相识的好兄弟 刘海棠 供图

"一带一路"上的埃及故事

▲ 沙漠工地里的中埃好兄弟　王广滨　供图

和九九的手紧紧地握在一起,"哈喽,穆罕默德!"

我指着九九,对"舞者"们介绍,"九九,哈比比[①]!……哈比比,九九,九九!"

"九九?九九!"小穆罕默德带头,试着喊出九九的名字。

其他小朋友也不甘示弱,"哈喽,九九,我叫拉比尔","九九,我叫汉娜","九九,我叫哈尼恩"……

看着孩子们开心的样子,那一刻,我真不忍心把他们分开!

---

① 阿拉伯语音译,意思是"最好的朋友"。

27　"杰弗瑞舞"

再一次见到这群"舞者",他们如以往一样迅速围拢过来,但却没跳"杰弗瑞舞"。而是抬头望着我,满怀期待,连声发问,"九九?九九?"

我无奈地摇摇头。

因为,此时,我既不能给他们"杰弗瑞",也带不来已结束探亲、离开埃及的九九。

看着孩子们失落的样子,我心惆怅。

他们,都要长大,而且正在迅速成长。

岁月使人遗忘。

随着时间的流逝、阅历的增长,他们最终会不会相忘于江湖?

都说喝过尼罗河水的人总还要回来,长大后的杰弗瑞是否还会重返埃及,是否还记得他有个你一口、我一口分吃一块冰激凌的穆罕默德弟弟?

穆罕默德也会长大,等他可以独行闯天涯,是否还会像眼前这样,念念不忘寻找他的杰弗瑞哥哥、九九弟弟?

愿他们将这儿时的美好暂时封存,留作未来的种子。

青柠石榴橄榄枝丝瓜白菜
寄乡思剑麻棕榈玫瑰秀
勤耕苦作结秋实

右录贺兰诗一首己亥秋浩文

28　诗赠多年躬耕撒哈拉的老友[①]

青柠石榴橄榄枝，
丝瓜白菜寄乡思。
剑麻棕榈玫瑰秀，
勤耕苦作结秋实。

开罗街景

[①] 2018年8月2日成稿。

沁园春·雪

北国风光，千里冰封，万里雪飘。望长城内外，惟余莽莽；大河上下，顿失滔滔。山舞银蛇，原驰蜡象，欲与天公试比高。须晴日，看红装素裹，分外妖娆。

江山如此多娇，引无数英雄竞折腰。

▲ 王建华书法作品

29　卜算子·南园春早[①]

南园春来早，

北国秋意迟。

星移斗转有常事，

冷暖垣草知。

西府兴盛筵，

东乡羡素食。

珍馐美馔无定论，

谐音异曲释。

[①] 2018年8月18日成稿。有感于世界文化差异，作于悉尼。

夕阳斜照秋无澜，悦湖光倒影辉成趣，渡鸟穿云习好栖友，凭栏练声丝竹合奏，乐音窃隐鞭声阵，老翁独啸於林

贺兰颂一首 己亥之秋 学臣

▲ 寇学臣书法作品

30　清平乐·梨园[①]

夕阳斜照，

秋水微澜笑。

湖光倒影辉成趣，

凌空穿云可好？

票友凭栏练声，

丝竹合奏乐音。

最隐鞭声阵阵，

老翁独啸于林。

[①] 2018年9月3日作于北京梨园主题公园。当晚将结束休假返回开罗，填词以表对故土的留恋和对驻埃及工作生活的向往。

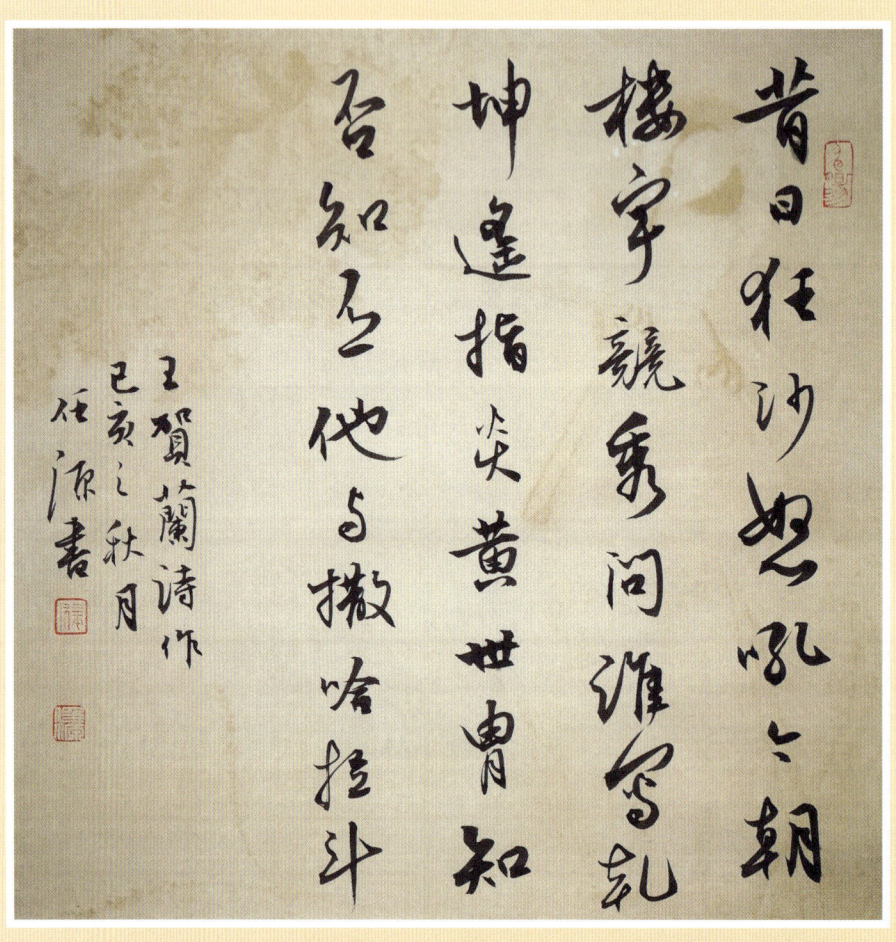

昔日狂沙如吼六朝楼宇竞秀问谁写乱坤舆指点笑黄世曹知吾知吾他与撒哈拉斗

王贺兰诗作
己亥之秋月
任源书

▲ 任源书法作品

31　如梦令·昔日狂沙怒吼[①]

昔日狂沙怒吼，

今朝楼宇竞秀。

问谁写乾坤？

遥指炎黄世胄。

知否，知否？

他与撒哈拉斗！

---

① 2018年10月3日参观中国建筑集团有限公司承建的埃及新首都工地有感。

佛心生禅境，道骨有
仙情，儒宗施仁礼，寻
根解忧容

二零一八年冬日
王贺兰作诗 老琴书

▲ 老琴书法作品

32　五绝·开罗偶书[①]

佛心生禅境，
道骨有仙情。
儒宗施仁礼，
寻根解忧容。

▶ 夕阳下的宣礼塔

[①] 2018年12月28日成稿。

▲ 王裔湘书法作品

33　如梦令·尼罗河畔闹新春[①]

散打美食绘画，

交响龙舟红塔。

何处闹新春？

大庙会沙姆沙。

谁家，谁家？

开罗中国文化！

▶开罗歌剧院新春交响音乐会
王文骁　供图

————

[①] 2019年1月17日开罗中国文化中心发布2019年欢乐春节系列活动公告，填词抒怀。

静夜思乡音必生侧苍茫大漠似碧波浩瀚星空化掛挂慎獨得和乐

贺兰词一首 辛丑春永赞书

▲徐永赞书法作品

34　忆江南·静夜思[①]

静夜思，

乡音如在侧。

苍茫大漠似碧波，

浩瀚星空化棋格。

慎独得和乐。

▶ 安效珍先生寄语

---

① 2019年1月30日欧阳江河一行到访开罗中国文化中心，求赠"慎独"以自省并填词和之。

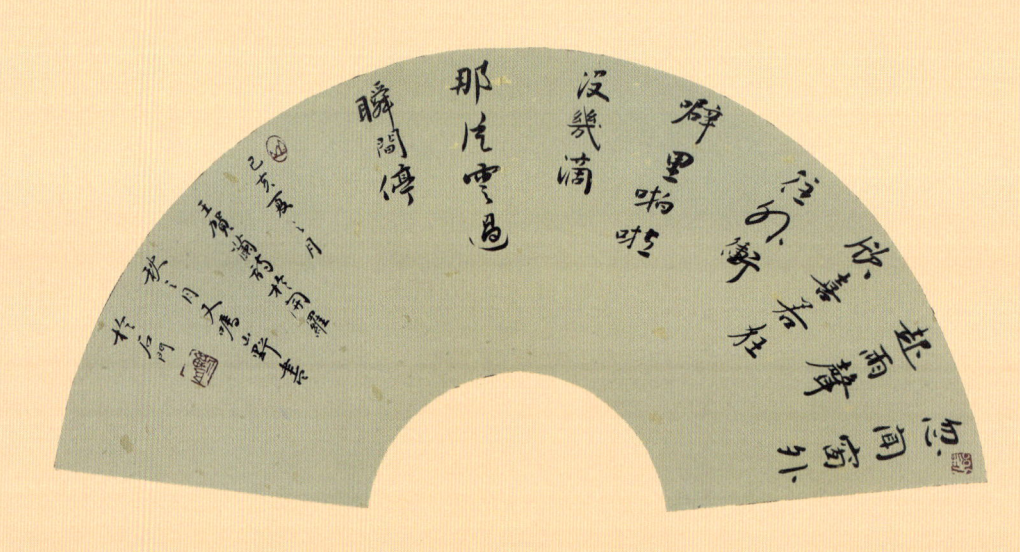

▲ 山野书法作品

35　七绝·开罗的雨[①]

忽闻窗外起雨声,

欣喜若狂往外冲。

噼里啪啦没几滴,

那片云过瞬间停!

▶ 开罗的太阳雨

[①] 2019年2月24日,记热带沙漠气候雨季的"雷阵雨"。

碧荷生幽泉，朝日艳且鲜。秋花冒绿水，密叶罗青烟。秀色粉绝世，馨香谁为传。坐看飞霜满，凋此红芳年。

北京秋　永起

36　如梦令·碧叶粉荷青蓬[①]
——借老琴先生书画颂中埃世代友好

碧叶粉荷青蓬，

疏影暗香灵动，

缘何伊相伴？

菡萏生于莲梗。

你侬我侬，

携手风雨兼程！

▶ 老琴书画作品

[①] 2019年3月18日，老琴先生与我分享新作《走到一起，因为有缘》。睡莲是埃及的国花，而中国人民崇尚莲之出淤泥而不染，于是借题吟咏中埃世代友好关系。

▲ 埃及驻中国大使馆为作者颁发支持埃及抗击新冠肺炎疫情荣誉证书 乌麦伊麦 供图

跋
——《旅埃学人》第四期卷首寄语[①]

子曰:"知者不惑,仁者不忧,勇者不惧。"在金字塔边、尼罗河畔,生活着一群不惑、不忧、不惧的旅埃学人。

他们不惑。不惑,不是没有困惑。面对"一·二五"革命以来的腥风血雨,他们禁不住发问:埃及的未来在哪里?距离和平稳定还需要多久?把宝贵的青春和热血抛洒在异乡土地,是否有憾?……但他们志存高远,深知历史的车轮滚滚向前。他们深信,坚守,终会收获!

他们不忧。不忧,不是没有烦忧。离乡万里,与亲人相隔重洋,险象环生,时常惊醒于夜半枪声,他们怎能没有烦忧?但他们胸怀仁爱,深知使命,为梦想,为追求,信念不为环境所撼动,毅然驻足于这片飘摇的大地!

---

① 2014年10月《旅埃学人》第四期卷首寄语。

他们不惧。不惧，不是没有心惊。炸弹时时在身边爆炸，高楼卧榻凭空坍塌，漩涡激流卷走同伴，怎能不胆战心惊？！但他们勇敢坚强，不畏惧，不退缩，沉着冷静，处变不惊，凝心聚力化危局，携手并肩御风雨！

乌云不会永远遮住太阳，雪后初霁必将迎来新的春天。这群不惑、不忧、不惧的旅埃学人，今日坚守之时播下的中华文明的种子，终有一日将成为一片美丽的花园。

后　记

暮去朝来，光阴荏苒。2013年岁末，在习近平总书记提出"一带一路"倡议不久之时我初到埃及工作；2020年岁末，我将完成旅埃的第二份工作任务启程回国。转眼之间，已过七年。

值此离别之际，我对工作之余的"幕后花絮"进行梳理，以免脑海中的美好记忆被岁月无情地抹掉。

"我的"埃及故事，虽尽量原汁原味地记述旅埃期间最受触动的瞬间，但难免因一己的观感而有失偏颇，有些也并非绝对真实。比如，有些篇幅中，经与人物原型沟通，改用了化名。

零碎的点滴，也远不能尽现更多中埃人努力的全貌。文

中未能记述的至少有以下缺憾：

一是地铁八通线四惠站中转时的那次邂逅。

赵强，我们相识于埃及，其实没多少交集，但在北京拥挤的地铁站，他灰头土脸、神色疲惫的样子，远盖过了平日里社交场合的英姿勃发、高大帅气。

那是2016年秋冬的一个傍晚，被人流挤进车厢的我，抬头看见他在车门口倚栏而立，等待下一班有座位的车。

此时，我们四目相对，十分惊喜！能在异国他乡相识，又在祖国首都的地铁里偶遇，这是怎样的奇迹！

他连忙挤进车厢，我们握手寒暄。

"您这是……干啥去了？累成这样！"我关切地问，略带责备。

"谈埃及新首都项目呗！……"

他略显疲惫但不失坚毅的回答，让我既感敬佩又觉心疼。他的不易和辛劳，何尝不是我们努力推动"一带一路"倡议的一个缩影？

还少一个人。

他叫阿里，是埃及最早的空军飞行员之一。

阿里先生年事已高。曾经是翱翔于蓝天的雄鹰，现在长期在轮椅上生活，已多年不出家门。

我和他的女儿一起工作并成为好朋友。他的女儿告诉我，自己经常去看望爸爸妈妈，陪他们聊天，给爸爸妈妈讲我们的故事，每次爸爸妈妈都严肃认真地要求她，务必转达他们

后　记

对我的问候。

我心生惭愧，得老人家如此挂念，我何德何能！

他的女儿也和我讲述阿里先生的故事。据说，二十世纪八十年代，在她即将升入大学、选择专业时，阿里先生在飞机旁和她进行了一次长谈，告诉她，未来的中国不可小觑，她应该学习汉语。父亲的叮嘱，让她走上了学习汉语、和中国人交朋友的路。

我曾多次想着抽空去探望这位可亲可敬的老先生，听他讲述中国故事，但因每日忙忙碌碌，外加新冠肺炎疫情，至今也未能成行。在此衷心祝愿老先生健康快乐，相信在他的有生之年，将见证更多中埃友好、携手发展的新史话。中国定不负他。

还有……

他，初到埃及时，两年多没顾上回国。夜以继日，风餐露宿，辗转于埃及各地，熟悉了异乡的四面八方、大街小巷……

他，夜半爬出被窝去"抢修"，开车疾驰。夜幕中，突然窜出一只野狗，躲闪刹车无济于事，瞬间"车毁狗亡"……

她，在埃及传道授业数载，为此失去爱情，但却被房东认作"中国来的亲女儿"……

还有哈麦德，我以前所住小区的保安。他曾见我在草地上寻找马齿苋，于是在回自己农村老家时带回来满满一大袋子，按我门铃。等我应声出门时，满满一袋子马齿苋挂在门把手上，他只留给我一个背影……

另有一件事刚刚发生，连日来每每让我落泪。与我年龄相仿的"汉语学霸"母亲，陪着感染新冠肺炎的儿子在家自我隔离。我让她想办法派人来找我取药、取口罩，她哭得肝肠寸断："老师，我不怕死，我只是不想我的儿子死……"就在她儿子确诊的第二天，曾在中国疫情最严重之时作为塞西总统特使逆行访华的卫生部长哈莱博士宣布，埃及获得首批中国新冠疫苗并将免费提供给公民，这在非洲国家中是第一个。期待中国疫苗保埃及安康，从此再无疫情，病患全部治愈。

七年来，正是无数个这样零零散散、令我动容的瞬间，时时陪伴着我，激励我砥砺前行。

也由此让我想到，色彩以斑斓为美。每个人、每个国家、每个民族都有自己独特的历史、文化与风情。只有不断加强交流与合作，才能增进彼此之间的理解和互信，才更有利于互相尊重、平等相待，才能建成更加和谐、美丽的"地球村"。

当下，埃及政府正在"向东看"，积极推进国家复兴计划"2030愿景"，加速与中国"一带一路"倡议对接。两大古老而又现代的文明之间，迎来了千载难逢、共谋发展的历史机遇。

在此过程中，已有并将有更多的中埃人付出常人不知的艰辛和努力。不能一一描摹，深感遗憾，也深感愧疚。

"喝过尼罗河水的人，总会回来！"回望走过的旅埃时光，

后 记

埃及已成为我的第二故乡，深深眷恋这片热土。有幸成为推动中埃友好与"一带一路"合作的一只"小虫"，备感荣幸！

愿中埃世代友好，携手风雨兼程！

最后，我将最诚挚的谢意献给文中的主人公以及陪我度过这美好时光的各国同事、友人。我曾尝试列一个名单，然而发现名单越长可能疏漏越多。任何疏漏都是我的大不敬。为此请允许我换一种表达谢意的方式：敬请每一位曾经招呼"王贺兰""贺兰""王老师""王博""王导""小王""老王""王姐""王妹""兰姐""兰妹"以及"Doctor""Helen""Dr Wang""Professor"和"会长"的朋友们，务必收下我最诚挚的感谢和敬意。相逢是缘。你们的支持、帮助、信任和爱，我将铭记在心。期待未来有缘再聚，续写我们共同的美好明天。

还有，我挚爱的家人，我的爱人，我的孩子，亏欠你们太多。期待我们尽早结束"各自为战"，从此以后每天生活在一起，生生世世再不分离。

河北科技大学埃及研究中心

2020年12月24日

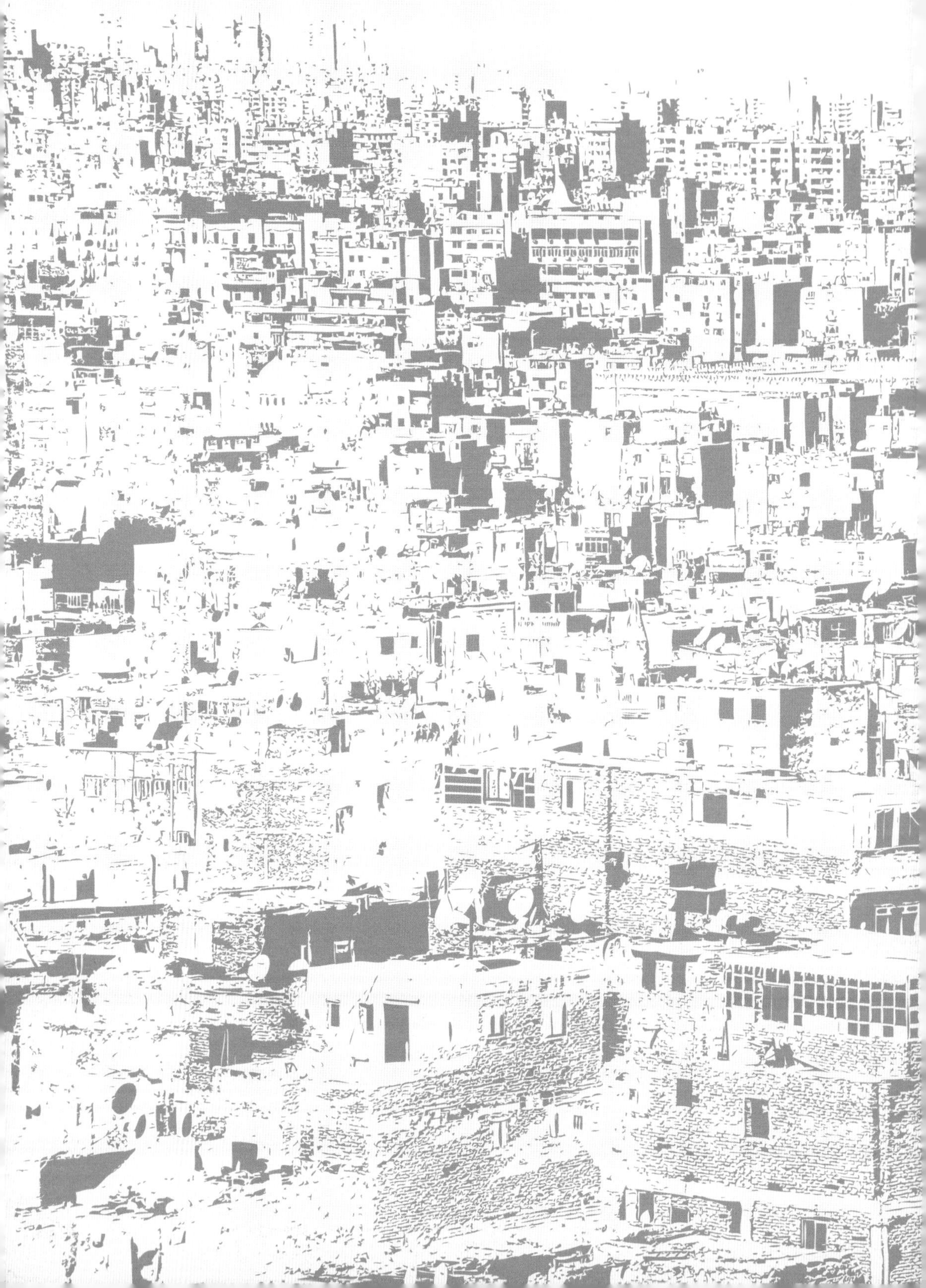